사팔뜨기의 유혹

김점식 두 번째 수필집

대양미디어

서 언

사팔뜨기는 한자말로 사시를 말한다. 사시는 사물을 바로 보지 못하는 것이다.

사실은 그게 아니다. 분명히 사물을 똑바로 보는데 상대방은 눈을 흘겨본다고 오해하는 것이다. 참으로 안타까운 경우이다. 아무리 똑바로 보고 똑바로 생각하고 해도 세상 사람들이나 상대방은 비뚤어지게 보고 비뚤어진 사람이라고 믿어 주지를 않는다.

그런데 여기서의 사팔뜨기는 일반적인 세상의 사팔뜨기와는 정반대의 경우이다. 상대방은 전연 알지 못하는 마음의 사팔뜨기인 것이다. 분명히 바른 눈을 가졌고 똑바로 보고 생각하고 바른 행위로 보이나 실제로는 상대방은 사시를 당하고 있는 것이다. 쉽게 말하자면 겉은 멀쩡한데 속으로 비뚤어지게 보고 있다는 것을 상대방은 알지 못하는 것이다.

내면의 사팔뜨기를 알아본다는 것은 정말 어려운 일이다. 겉으로 보면 아무리 봐도 구별이 되지 않는다. 그러나 언행을 통해서 서서히 내면의 비뚤어진 실체가 드러나기 마련인 것이다. 경험과 경륜이 쌓이면 내면의 사시를 식별하는 능력이 생기는 것이다.

우리 주변에 사시 눈을 가진 동물로 여우가 있다. 귀엽거나 맵시로 한다면 개보다도 더 예쁜 동물일지도 모른다. 그러나 그 눈 때문에 사람들은 여우에게서 정을 느끼지 못한다.

그러므로 여우는 인간 세상에 접근하지 못하고 동네 밖에서 산다. 죽이서 시시를 빼고 그 털가죽에 대한 강력한 정은 느끼고 사람들은 그 털가죽만 취한다. 그리고 여우는 야행성이라 밤에 주로 활동한다. 사람은 주행성이라 밤과 어둠을 무서워한다. 사람들은 여우는 무서워하지 않으나 그놈의 눈은 무서워한다. 어둠 속에서 노려보는 여우의 눈을 무서워하지 않을 사람은 별로 없을 것이다. 여우는 눈 때문에 구미호가 되었다.

여우는 악마의 상징이 아니나 구미호는 악마의 상징이다. 구미호는 둔갑을 하여 사람으로 위장하고 인간세상으로 내려온다. 사람이 되기 위해서이다. 인간 삶의 가장 핵심적 요소이며 첨예하고 민감한 시대의 인생이 되는 색시로 변장하는 것이다. 희·로·에·락외 가장 중심이요 인간 세상의 가장 구심점인 청춘으로 변신하는 것이다. 가장 어리석으면서 가장 강력한 인간의 관능을 자극하여 특히 남자의 관능을 건드려 사람이 되기 위한 자기의 욕구를 충족하고자 하는 것이다. 그래도 사팔뜨기의 본능의 눈은 가릴 수가 없다. 그러므로 요염과 간사스러움을 최대로 이용하여 요염과 간계에 취약한 어리석은 인간의 관능을 자극하여 가능한 사시의 눈을 못 보게 하는 것이다. 상대방을 마음의 사시로 만들어버리는 것이다.

진짜 간교한 눈웃음에 사시의 눈은 전연 보지 못한다. 그러나 진정한 본성의 동물성은 아무리 인간 세상에 적응하려 해도 그리고 위선을 부려도 결국은 들통이 나고 만다.

인간 세상의 초기의 시대에는 악마가 구미호 밖에 없었다. 시대가 갈수록 인간은 진화하고 인간사회도 진화하고 그에 맞추어 악마는 분파한다. 그 분열의 속도가 너무나 빨라 자칫 인간이나 인간사회는 악마의 제물이 되기도 하는 것이다.

악마는 거대한 먹구름이 되어 몰려오기도 하고 미세하게 미분되어 인간의 발길이 닿는 곳곳에 먼저 가 항상 도사리고 있는 것이다. 인간들은 먼저 가 노려보고 있는 악마를 물리치기 위해서 온갖 수단 방법을 동원한다. 그러다가 최근에는 악마가 악마의 세상을 만들기도 하고 인간 내면의 정신세계까지 파고들어 선한 인간으로 위장하고 있는 것이다.

악마의 세상이나 위장된 인간 내면의 정신세계를 사팔뜨기라고 지칭하는 것이다.

사팔뜨기는 사시이고 사시가 사이비인 것이다. 왕년에는 사이비 기자 정도만 있었다.

알고 보니 그 전에 이미 거대한 먹구름 같은 사이비 집단이 세상을 휩쓸고 지나갔다.

러시아혁명이나 히틀러 추종 세력의 정치집단이나 종교 집단 등에서 우리는 아주 형편없는 사이비의 행태를 보았다. 아주 끔찍한 악마의 군웅할거群雄割據였다.

아직도 북한이나 특정의 종교집단 등에서 악마의 등살에 신음하는 인류나 국민들이 많다.

근년에 세월호 사태만 해도 어떤가? 전형적인 사팔뜨기의 눈이었다. 감쪽같은 사이비 종교의 행태에 국민들은 아는데 권력가나 정치인들은 그들의 욕심 때문에 완전히 눈이 가려지는 것이다. 어쩌면 이 시대가 사이비 종교 시대인지 모른다. 구미호들의 사시의 눈들이 거대한 먹구름이 되고 여론이 되고 하여 바른 정시의 국민 개인의 시야를 완전히 흐려버리는 시대가 된 것인지도 모르는 일인 것이다. 사이비는 사기인 것이다.

인터넷, 스마트폰 등의 첨단 과학문명도 가세하여 세상은 온통 사팔뜨기의 시대가 되었다. 눈만 뜨면 사팔뜨기의 유혹에 시달리는 것이 현 시대 우리들이 살아가는 숙명으로 되었다. 아무리 그래도 둔갑한 구미호는 여우일 뿐이다. 우리는 항상 주변의 사시의 눈에 현혹되지 말아야 하고 그 유혹에 말려들지 않아야 할 것이다. 세상 곳곳에 사팔뜨기들이 진을 치고 우리를 노려보고 있기도 하고 마의 소굴로 유혹하기도 하는 것임을 명심해야 함을 일깨우는 것이 이 책의 소의인 것이다.

2018년 봄에

Chapter 02 사팔뜨기의 유혹

Chapter 03 건강 오디세이

Chapter 06 임진왜란은 노예사냥 전쟁

악마의 근원

악마의 근원

세상을 하늘과 땅으로 구분하듯 복잡한 인간의 감정과 관계를 선과 악으로 나눌 수 있을 것이다. 인간의 감정은 내면세계이고 그것을 밖으로 표출할 때 관계가 형성된다. 관계형성은 인간사회에서 이루어지지만 선악의 판단은 신의 영역이다.

동서양을 막론하고 인간 자체는 대체로 선으로 보았다. 악은 외부 세계에 있고 그것이 인간 내부로 침투하거나 인간 밖의 세상에서 암약하는 것으로 알았다.

인간 내부의 감정은 너무나 고요하다. 그것이 오감을 통해 외부와 소통할 때 관계는 시작되고 감정은 출렁인다. 이 감정의 출렁임이 관심이고 호기심인 것이다. 관심이 지나치거나 호기심이 쌓이면 욕망이 된다. 인간의 감정은 욕망이라는 줄을 놓고 선과 악으로 나누어 줄다리기를 하는 것이다. 대부분 선이 이기고 또 그래야만 정상이겠으나 가다가 악이 이기는 경우가 허다한 것이다.

사회적 동물인 인간은 개인 간의 관계 형성들이 모여서 인간사회가 되고 그 속에는 개인 의 욕망들이 상충하기도 하고 같은 흐름을 이루기도 하면서 큰 욕망이나 관계의 덩어리가 된다. 인간사회 집단은 큰 욕망 덩어리의 분출구다. 개인의 욕망의 분출은 인간사회 발전을 위한 쪽으로 유도되어야 하는 것이다. 여기서 사회 질서가 등장하고 사회 질서는 모름지기 선의 방향으로 모색되어야 하는 것이다. 그러나 만물은 자기 존재의 번창이나 확장을 위하여 경쟁을 하는 과정에서 선악이 모호해지고 모르는 사이에 악마의 마수에 걸려들기도 하는 것이다 존재의 과정에서 선악의 판단은 신의 영역이고 신의 몫인 것이다.

악마의 근거로 욕망이나 욕심 속에 있는 것으로 인식하나 그 속에는 선악이 같이 존재한다. 존재에 대한 욕구를 선으로 볼 때 존재를 파괴하는 것이 악이 될 것이다.

존재를 방해하는 것으로는 공룡시대로부터 온 공포감의 유전자, 생존의 선봉장인 면역 체계를 공격하고 파괴하는 악질의 세포군단, 과도한 성욕, 지나친 욕심 등이 될 것이다.

이런 악마들로부터 보호를 받기 위해서 외부의 신들에게 의탁한다. 그러나 악마들은 빛과 그림자처럼 항상 병존한다. 특히 생명체는 세포의 생성과정에서 스스로 경쟁에서 이긴 자만 살아남고 동시에 면역체계가 형성된다. 그러나 인간들은 스스로에게는 절대로 악마가 없다고 믿는다. 어디까지나 외부의 존재로 인식한다. 자연현상이나 미지의 일, 불가사의한 사건, 사고에 대하여 신의 보호를 능가하는 어떤 큰 존재가 있는 것으로 믿는 것이다.

신화 속에서의 악마의 등장

서양 사람들의 정신적 기저에는 그리스 신화가 있고 크리스트교의 창세기 신화가 있다.

신의 영역은 남성이 주체이고 여성의 등장은 신의 세계에서 필요불가결의 요소인 것이다.

여성은 결코 남성의 욕망의 대상이 아니라 신들의 세상을 이루는 필수요건으로 등장한다.

신들의 세상에서는 아직 욕망은 존재하지 않았다. 그러나 여성의 등장은 욕망의 원천이거나 진원지가 되는 호기심의 발로가 생긴다. 이 호기심이야말로 그 발동으로 인하여 인간은 신의 영역에서 쫓겨나 인간의 세상에서 고행으로 신의 세상으로 향해 삶을 유지하고 있는 것이다.

판도라의 상자

그리스 신화에서 신들의 제왕이며 태양의 신인 제우스가 인간의 세상으로 불을 훔쳐간 프로메테우스에게 벌을 주기 위해서 최초의 여성 인간인 판도라를 만들어 선물로 주었다.

프로메테우스는 동생 에피메테우스에게 어떤 선물도 받지 말라고 하였다. 그러나 에피메테우스는 판도라의 아름다움에 반해 형의 명령을 어기고 판도라와 결혼을 하였다.

제우스는 인간 세상으로 가는 판도라에게 선물로 상자를 하나주며 절대 열지 말라고 하였다. 판도라는 그 상자에 대한 호기심을 참지 못하고 판도라의 상자를 열어버리고 말았다.

그 상자 안에 있던 온갖 재앙들이 이 세상에 퍼졌다고 한다. 그러므로 이 세상은 질병, 가난, 슬픔, 전쟁, 증오, 시기, 질투 등 악마의 마수로 가득 차게 되었다고 한다. 판도라가 실수를 깨닫고 급기야 상자의 뚜껑을 닫았으나 맨 아래쪽에서 미처 달아나지 못한 희망만이 남았다고 한다. 그래서 인간 세상은 그 희망의 끈 하나 붙잡고 살아가는 세상일 수밖에 없다는 것이다. 여기서 에피메테우스가 판도라의 미모에 반해 결혼하였다는 자체는 아무 문제가 없다. 아름다운 것과 그에 반하여 혹한다는 것 그리고 결혼이라는 것은 언제나 선일 수밖에 없다는 것이다. 단지 판도라의 호기심만은 언제나 선일 수도 있고 때로는 악일 수도 있다는 것. 호기심으로 인하여 쌓인 욕망의 분출 정도나 방향에 따라 선과 악은 반반일 수밖에 없다는 것이다.

실낙원

　에덴동산은 창세기 신화에 등장하는 신의 세상이다. 하느님은 진흙을 빚어 아담을 만들고 그의 가슴뼈를 하나 빼내 이브를 만들었다고 한다. 에덴동산은 영원한 평화의 세계, 유토피아인 것이다. 그 곳에서는 세월의 개념도 없고 생·로·병·사가 없으며 만물이 공평하게 살아가는 영원한 안식처다. 그러나 에덴동산에서도 호기심과 유혹은 존재한다.

　뱀인 사탄은 이브를 유혹하여 금단의 열매인 사과를 먹게 한다. 이브는 사탄의 유혹보다는 호기심이 더 크게 발동하여 금단의 열매를 먹게 되고 동시에 아담에게도 권한다.

　아담은 이브의 권유로 아무 생각 없이 받아 한 입 깨문다. 그러자 갑자기 하늘나라에서 추락하여 지상에서 살게 된다.

원죄 사상

인간은 하느님의 계율을 어겨 지상에서 살게 된 아담과 이브의 후손들이다. 그러므로 태어날 때 이미 죄인의 후손으로 태어남으로써 정말 억울하지만 원천적 죄인으로 살게 되는 운명이라는 것이다. 살아가는 동안 어떻게 하든 선행을 하여 원죄를 사하도록 애쓰다가 하늘나라로 갈 때는 천국의 문 앞에서 하느님의 심판을 받아야 천국과 지옥행이 결정된다는 것이다. 하느님은 인간들의 살아생전의 행적을 심판하여 짧은 이승에서보다는 영원한 저승길을 안내한다는 것이다. 인간들은 선행의 정도에 따라 갈 길이 달라지는 것이다.

완전한 선의 세계는 천국의 세상이고 그 속에서 살았던 아담과 이브도 선으로만 꽉 찬 몸이었다. 그러다가 악마인 사탄의 유혹으로 매개체인 금단의 열매를 통해서 악마는 인간의 몸속으로 들어왔고 우리들 몸속에서는 항상 선악이 공존하면서 서로 다투고 있는 것이다.

서양의 신화에서는 인간을 완전한 인격체로 보았다. 남자보다 조금 섬세하고 오묘한 여성 심리의 지극히 평범한 호기심을 타고 악마는 교묘히 또 끝내는 인간의 몸속으로 침투하거나 세상에 퍼지게 되는 것이다. 판도라도 이브도 사탕발림하는 달콤한 악마의 유혹에 넘어갈 수밖에 없는 신격에 도달할 수 없는 인간 세상의 한계인 것이다.

불교에서의 욕망

불교에서는 인간의 생존 자체를 욕망의 덩어리로 보았다. 욕망의 덩어리에는 선악이 공존한다. 마음의 흔들림에서부터 시작되는 번뇌는 악마의 온상이 되고 악마는 욕망을 에너지로 하여 번창하면서 인간을 파멸의 길로 끌고 간다. 사람들은 적선을 쌓아 점차 악마를 몰아내야 하는 것이다. 그 과정이 수행인 것이다. 수행의 방법이 8정도다. 악마는 번뇌로 변신하여 우리 몸의 구석구석에 박혀 있는 것이다.

백팔번뇌는 악마의 길목이며 번식처다. 팔정도를 지키는 수행을 통하여 우리 몸속의 근심 걱정을 없애고 밖으로부터 끊임없이 침투하는 악마의 고리를 끊어야 하는 것이다.

바르게 보고, 듣고, 말하고, 행동하고, 느끼고, 생각하고, 일하고, 노력해서 신념을 확고히 확립하는 일이다. 신념을 통하여 일생을 두고 적선을 쌓아야만 하는 것이다.

인생이 끝나는 길목에는 염라대왕이 지키고 있다. 영원한 영생 길의 선택의 기로에 서는 것이다. 선행의 업적인 적선의 정도에 따라 영원한 극락의 안식처로 갈 것인가 전생의 업보를 쌓는 윤회의 길로 갈 것인가를 심판 받아야 하는 것이다. 게으른 자는 일하는 소가 되고 생명을 예사로 여기는 자는 곤충이 되고 남을 고통에 빠뜨린 자는 영원한 연옥의 세계에서 고통 받게 하는 것 등이다.

석가모니의 해탈

왕자로 태어나 부러울 게 없이 자란 석가모니는 인간 세상의 어떤 부귀영화도 인간의 근원적인 생·로·병·사에 대한 번민은 벗어날 수 없다는 것을 알았다. 그것은 인간 세상을 둘러싸고 있는 만물에 있는 것이 아니라 인간 내부에 있음을 직감하였다. 그것이 깨달음이었다. 깨달음을 얻기 위하여 석가는 출가하여 고행의 길에 오른다.

석가는 고난과 방황과 방랑의 길에서 온갖 고초를 겪으면서도 묵묵히 수행한다. 인생사의 모든 면면을 일일이 수행한다. 깨달음의 과정은 너무나도 참혹하였다. 6년 동안 온갖 고행의 끝에서 깨달음의 나무 보리수 아래서 정좌한다. 하늘에서 들려오는 마지막 설법을 듣기 위함이었다. 하늘에서는 아름다운 음악과 함께 천사들의 합창 속에 깨달음의 계시가 들리고 석가모니는 환희와 기쁨의 무아지경에 빠졌다. 마지막 한 마디만 들으면 해탈의 경지에 이르고 석가는 부처가 되는 것이었다. 그런데 그 마지막 설법의

한 마디를 남긴 채 갑자기 조용해졌다. 환희 속의 천사들의 합창도 설법도 뚝 끊어지고 오싹한 냉기가 스쳤다.

고개를 들어 위를 보니 큰 나찰이 석가모니를 잡아먹기 위해서 커다란 붉은 입을 벌리고 있었다.

"무슨 짓이냐? 마지막 말을 들려다오."

석가가 말했다.

"무슨 소리냐? 나는 지금 배가 고프다."

나찰이 말했다.

"마지막 말 한 마디만 들으면 나는 부처가 된다."

"나는 알바가 아니다. 난 지금 네 피가 필요하다."

"마지막 설법 한 마디만 들려주면 내 몸을 주겠다."

"어림없는 말씀, 너를 잡아먹고 나서 그 말을 들려주겠다."

석가모니는 난감하였다. 내 죽어 없어진 세상에서 설법은 무엇이며 부처는 무엇이란 말인가? 아무 소용없는 일이었다. 그러나 순간 나찰의 배고픔이 너무나 간절해 보였다.

"그래, 그렇다면 할 수 없다. 내 피를 너에게 주겠다."

석가는 모든 것을 포기하였다. 6년 동안의 모든 고초와 수행의 길이 물거품이 되는 순간이었다.

"그래, 고맙다, 나는 몹시 배고프다."

사람 피를 먹고 사는 나찰의 의지는 너무나 단호하였다. 석가는 모든 것을 포기하였다. 모든 욕심과 욕망을 버렸다. 그것은 삶을 포기하는 것이었다. 나찰의 배고픔을 채워주기 위해서 모든 것을 버리는 것이었다. 그리고 나찰에게 배고픔의 자비를 베푸는 것이었다. 그리고는 서로의 위치를 바꾸었다. 석가가 나무위로 올라가고 나찰은 아래서 입을 벌리고 있으면서 석가가 뛰어내리면 나찰이 받아먹는 것이었다.

석가모니가 나무위에서 나찰의 벌린 입속으로 몸을 날렸다. 갑자기 천사들의 합창이 울리고 사방은 온통 축제와 환희의 분위기로 바뀌었다. 어느 새 나찰은 사라지고 그 자리에는 석가가 사뿐히 내려 앉아 부처가 되어 있었다.

마지막 설법의 말은 없었다. 그것은 말로서 하는 것이 아니라 실제로 실행하는 것이었다. 6년 동안의 숱한 고행과 난관과 시험과 경험의 최후의 심판이었다. 자신의 존재에 대한 욕심마저 버릴 때 비로소 완성되는 해탈의 경지인 것이다.

성선설과 성악설

이천오백여년 전 중국의 춘추전국시대에 제자백가들의 쟁명의 대상이 된 인간의 본성에 대한 탐구에서 제시된 학설들이다. 인간의 본성이 본래 선한 것이냐 악한 것이냐의 문제였다. 인성의 선악에 대한 관심은 인간 사회가 형성되면서부터 사회질서를 유지하기 위한 가장 근본적인 것이 무엇인가를 찾다보니까 대두된 것일 것이다.

공자, 맹자, 공맹사상의 주류인 맹자는 성선설을 주장하였다. 인간이 태어날 때는 지극히 선한 존재이나 후천적 환경에 의하여 악이 내부로 침투한다는 주장이다. 후천적 교육이나 환경을 통하여 선행을 발현시키고 악성의 창궐을 막자는 것이다. 맹모삼천은 선함의 선천성에서 나온 것으로 유학사상교육의 기본적 수단이 되었다.

성악설은 순자의 사상으로 인간도 생존의 극한상황에 처했을 때 동물과 뭐 그리 다른 게 있느냐 에서 나온 주장이다. 본래는

악하지만 인간사회에서 선함으로 정화되었다는 사상이다. 인간사
회에 사니까 인간화 된다는 설이고 늑대 인간처럼 늑대 속에서 살
면 늑대 같은 심성이 될 수밖에 없다는 주장인 것이다.

도가 사상

제자백가에서 노자, 장자의 사상이다. 인간도 자연의 일부인 만큼 인간의 자연성에 기인한 무위자연설이다. 후에 불교 사상과 결합해 도교로 발전하였고 도를 닦느니 득도하느니 하는 말들도 도교사상에서 나왔다. 삶의 무대인 집터나 명당에 관한 풍수문화와 풍수지리설의 진원지였다. 불교가 산속으로 들어간 계기였을 것으로 짐작되기도 한다.

공맹사상의 예의나 성심은 도가사상과 대치되는 것으로서 성심에서 벗어나 참다운 인간의 자유를 드러내는 참모습이 바로 무위자연이다. 사물에 대한 귀천, 고하, 시비, 선악 등은 모두 자기중심적 편견에서 나온다고 보는 것이다. 도의 관점에서 만물을 파악하면 평등사상이 된다. 성악설과 더불어 도가사상인 도참설은 신분사회였던 우리나라 역사에서 주로 하층민들의 인권사상에 대한 의식을 일깨우고 심어준 사상이었다고 한다.

홍익인간

환인천제가 천하를 다스리고 있었다. 그의 아들 환웅천황이 인간 세상에 내려가 인간을 다스리고 싶어 했다. 그런고로 환인천제가 환웅천황에게 천부인을 주면서 인간 세상에 내려가 신시를 베풀라 하였다. 이에 환웅천황은 하늘에서 내려다보고 홍익인간 할만한 곳을 찾아서 금수강산 태백 줄기의 한 곳에 내려와 신시를 베풀었다. 그 곳이 단군왕검이었다.

너무나 평화롭게 사는 인간들의 모습에 반한 호랑이와 곰이 찾아와 그들도 사람이 되고 싶어 했다. 쑥과 마늘을 주면서 그걸 먹고 견디며 동굴에서 백일동안 햇볕을 쐬지 말라 하였다. 성질이 급하고 참을성이 부족한 호랑이는 참지 못하고 동굴에서 나왔다. 사람 되기를 포기했다. 참을성이 강하고 미련한 곰은 꿋꿋이 참고 견딘 결과 사람이 되었다. 여자로 변신하였다. 웅녀라는 이름을 붙여주었다. 환웅천황이 남자로 변신하여 웅녀와 결혼하여 낳은 사람이 단군이었다.

여기서 환웅천황이 신시를 베푼 홍익인간의 세상은 신들의 세상이다. 곰이 사람으로 변하고 환웅이 웅녀와 결혼하는 과정까지는 어디까지나 신의 세상이다. 단군이 태어나면서부터 아담과 이브처럼 지상으로 내려온 것이다. 단군은 지상의 사람이다. 인간의 세상에 사는 인간의 몸속에는 선악이 공존한다. 환웅과 웅녀 두 신 사이에서 인간이 나왔다면 환웅과 웅녀 중 분명히 한 쪽은 악의 유전자가 있어야 하는 것이다. 곰에서 변신한 웅녀에게서 순자의 성악설이 말하는 동물적 본능인 악이 있었을 것이다. 그렇다면 판도라, 이브, 웅녀의 공통점이 성립될 것이다. 관심에서 호기심, 욕망으로, 욕망은 악의 근원. 이렇게 해서 인간의 세상에 악이 퍼졌고, 그러므로 우리 민족은 홍익인간의 이상향을 향하여 살고 있는 것이다.

전설 속의 악마의 존재

인간이 자연성에 기인한 삶은 선이다. 그러나 인간의 원초적 본능 속에는 욕구나 욕망이 도사리고 있다. 지나친 욕구나 욕망은 악의 양식장. 인간은 누구나 악의 불씨를 갖고 태어난다고 보는 것이 신화나 종교에서의 입장이다.

악이란 무엇인가? 인간에게 유해한 여러 사상들이다. 자연을 포함한 인간에게 피해를 주는 요소들로서 생산적이지 못하고 파괴적인 사상들이다.

신화에서 악마는 신의 대리자에 반대되는 사상들이었다. 신과 대립되는 사상이었다.

신의 세계에서는 악마란 존재할 수가 없고 인간과 함께 지상으로 내려 보낸다. 인간들은 인간세계 자체에서는 없고 인간세계를 둘러 싼 자연이나 동물이나 사물에 악이 스미어 있어 인간을 향하여 곁눈질 하면서 기회만 닿으면 언제든지 공격해 온다고 믿는 것이다.

반대로 인간을 둘러 싼 모든 사물에 악마를 다스리는 신이 있음을 믿는 것도 사실이다.

사람이 사는 세상 어디를 가도, 지구촌 구석구석의 어느 민족 어느 종족이나 마을이라도 반드시 설화나 전설은 있고 그와 함께 반드시 악마도 등장하며 악마를 물리친 영웅담이 있기 마련이다.

괴물의 출현

인류는 지금도 뱀에 대한 공포감을 갖고 있다. 뱀의 조상은 중생대 시대의 공룡으로서 공룡 출현에 대한 공포감이 인류의 유전자에 남아 있는 증거라고 한다.

지금도 악어라든지 코모도 도마뱀, 아마존의 아나콘다 뱀 등은 인간으로 볼 때는 아무 감정 없이 마구 사람을 잡아먹는다. 당시 중생대 시대는 사람이 공룡의 먹잇감이었다고 한다. 화석에서 발견되는 공룡의 크기를 보면 짐작이 간다. 먹이가 될 때에는 극도의 공포에서 의식이 마비되었을 것으로 짐작하는 것이다. 모든 먹이사슬에서 먹잇감들은 다 그럴 것이라고 본다.

천지가 개벽하여 현 세상이 전개됨으로서 공룡은 뱀으로 작아지고 인류는 그 공포감만 남아 있다고 보는 것이다. 크리스트교에서는 에덴동산의 사탄이 뱀이었기 때문에 그렇다고 주장하기도 한다. 인류에게는 공룡이 최고의 괴물이었을 것이다.

공룡시대의 공포감에 관한 유전자는 현 세상에서도 고대의 미개인들에게는 상당한 여파가 있었을 것이다. 자연현상으로 인한 불가사의한 일들을 괴물의 횡포로 보는 데서 전설이 만들어지고 설화가 쌓여서 구전이 되고 이어져 내려오고 있는 것일 것이다.

동물들의 악마 변신

구전의 전래 동화나 전설, 설화 속에는 동물들이 괴물로 변신하거나 둔갑술로 사람으로 변신하여 인간사회를 괴롭히거나 가정을 파괴하는 이야기 등이 전해진다.

이런 이야기들을 통해서 애니미즘, 토템사상, 샤머니즘이 생겨난 근거들을 생각해 볼 수 있는 것이다.

인간의 의지로는 어떻게 할 수 없는 불가사의한 자연 현상에 대하여 주로 동물들의 변신에 의한 악마의 소행으로 이것은 신의 뜻으로 굴복할 수밖에 없었다. 공룡시대의 공포감의 유전자가 여지없이 발휘되는 시점인 것이다.

게에 관한 전설

마을 뒤의 큰 동굴에 살고 있는 괴물에 의해 마을 사람들이 항상 괴롭힘을 당하고 공포 속에 살고 있다고 했다. 그 마을을 지나던 과객이 그 괴물을 용감하게 무찌르고 영웅이 되었다. 알고 보니 커다란 게가 둔갑술을 부려 안개를 피우고 정체를 드러내지 않으면서 큰 굉음을 내면서 마을 사람들을 위협했다고 했다.

지네 전설

옛날 어느 마을에는 괴물이 나타나 처녀를 제물로 바치라 했다. 한 달에 한 번씩 제물로 바쳐진 처녀를 밤에 어둠을 틈타 잡아갔다. 마을의 처녀가 있는 집은 돌아가면서 공물로 다 바치고 그날 밤은 어느 집이 동네 마지막 처녀가 잡혀가는 날이었다. 어느 도승이 시주를 받기 위해서 다니다가 그 집 식구들이 근심에 꽉 차 있는 것을 알았다. 까닭을 묻고는 비방으로 괴물이 나타나면 닭 피를 뿌리라 했다. 어둠 속에 나타난 괴물의 형체는 보이지 않았고 큰 눈망울만 두 개가 번쩍였다. 가장 근접했을 때 닭의 피를 뿌렸더니 엄청나게 큰 지네가 꼬꾸라지더라는 것이었다.

까치 고개의 전설-뱀의 변신

　뱀이 까치를 잡아먹기 위해서 까치의 몸을 칭칭 감고 있었다. 지나가던 나그네가 활을 쏴 뱀을 죽이고 까치를 구했다. 날이 저물어 나그네는 고갯길의 어느 외딴집에 하룻밤의 신세를 졌다. 밤이 이슥하고 답답하고 숨이 막혀 눈을 떠 보니 뱀이 나그네의 몸을 칭칭 감고 있었다. 낮에 까치를 구하기 위해서 죽인 그 뱀이 남편이라고 했다. 남편의 원한을 갚기 위해서 나그네에게 복수하는 거라 했다. 그때 마침 밖에서 까치 우는 소리가 들렸다. 뱀은 날이 밝은 줄 알고 도망갔다. 알고 보니 낮에 나그네에 의해서 목숨을 구한 그 까치가 은혜를 갚는 거라 했다. 날이 저물어 나그네가 불빛을 따라 찾아간 그 집은 큰 뱀 굴이었다.

구미호

우리나라 전설의 백미는 단연 구미호라고 하는 여우의 둔갑술
이다. 그리고 악마의 대표적 상징이기도 하다. 백호, 백마 등 흰색
의 꿩까지 모든 백색의 동물들은 상서로운 동물로 심지어 백사까
지 인간들에게 환대를 받는데 유독 백여우만은 대접을 받지 못한
다고 한다.

반대로 진짜 극지방의 백색 여우는 눈, 얼음의 흰 보호색으로서
털가죽 때문에 사람들에게 대단한 인기를 누리고 그리고 흔하다.
또 반대로 다른 흰색 포유동물들은 아주 귀하며 백사 같은 경우는
거의 존재하지 않는다.

여우는 인간과 가까이 있으면서 야생의 본성 때문에 인간과는
결코 친할 수 없는 동물이다. 눈이 사팔뜨기로 인간들이 볼 때는
아무래도 기분 좋은 응시의 눈길이 아니다. 그보다는 인간 마을
근처에 살면서 인간의 시신 먹기를 좋아한다. 특히 유아 사망 시
산에 갖다 묻은 시신을 당연한 밥이라고 여기는 듯 파먹는다. 물

론 일반 무덤도 파헤친다.

여우는 바로 인간을 따르지 않고 사팔뜨기의 눈길과 식성 때문에 인간 세상에서 가장 모진 악마의 동물로 낙인찍힌 것일 것이다. 거기에서 나온 최고의 악마의 상징으로 백여우나 구미호가 된 것이라고 가상해 보는 것이다.

백여우는 늙어 털이 하얗게 될 때까지 오래 살았으니까 얼마나 노련한 여우 짓을 하겠느냐는 것과 그 노련함이 사람으로 둔갑할 정도는 될 것이라는 데서 붙여진 이름일 것이다.

구미호는 꼬리가 아홉 개 달린 여우로서 본성의 간교함의 극치를 말해준다. 여우는 성격이나 기분을 꼬리로 표현한다. 간사함이나 간교함이 꼬리 흔들기처럼 쉽고 가볍다는 뜻이다. '교묘한 술책이나 변덕이 능수능란하고 그 정도가 구단의 꼬리 아홉 개는 되지 않을까'에서 나온 이름이고 그것이 악마에 응용될 때 최고수, 극치의 이름이라는 것이다.

구미호나 백여우나 같은 악마의 상징이겠으나 아무래도 구미호는 동물 쪽으로 무서움에 무게가 기울고 백여우는 인간 쪽으로 상상이 가기는 하나 정작 숨겨진 악마의 발톱은 백여우가 더 날카로울지 모른다는 것이다.

사신도

사신도는 고대국가에서 왕의 영생을 돕기 위한 수호신이다. 인간의 영혼은 영원한 것이고 그 영원한 영혼을 영원히 지키기 위해서는 영원한 신들이 보호해야 하는 것이다. 그러기 위해서는 왕의 영혼을 두고 사방에서 오는 악마를 막기 위한 신들이 따로 있다고 보았다.

평양의 고구려 고분벽화에서 그 중에서 강서고분이나 쌍영총에서 발견되는 사신도는 고구려인들의 예술혼을 알 수 있는 훌륭한 걸작품으로 평가되고 있다.

중앙에 있는 영혼을 중심으로 동서남북의 수호신이 달랐다.

동에는 청룡, 서쪽은 백호, 남쪽은 주작, 북은 현무로서 푸른색의 용, 흰색의 호랑이, 붉은 색의 봉황, 검은 색의 거북이 그림으로되어 있으며 고분 선실의 천정에는 노란색의 황룡이 그려져 있었을 것으로 짐작하나 지하수 관계로 형체가 많이 훼실된 것으로 되어 있다.

사신도는 중국에서 이미 도교사상이 들어와 그 영향을 받은 것으로 아직 불교가 들어오기 전에 우리 민족의 민간 신앙으로 도교의 중심 사상인 풍수지리설이 자리 잡았음을 보여주는 증거라 할 수 있을 것이다. 그리고 벽화의 그림들은 엄격한 의미의 동물 그림들은 아니며 현신의 의미를 담고 있는 것으로 모두 상상적 동물로 용의 변형일 것으로 가상할 수도 있을 것이다.

풍수지리설은 오늘날에도 우리나라 사람들의 장례문화 중 일부인 묘 자리로 명당에 대한 대단한 애착과 믿음을 갖고 있는 사상 중의 하나이다. 배산 남향의 지세에 좌청룡 우백호 남 주작 북 현무인 터가 명당이라고 한다. 명당에 조상의 산소를 쓰면 후손들이 번창하고 발전하며 그로 인해 가세가 상승하고 가문이 창창해진다고 하는 믿음이 거의 종교적 확신에 가깝다.

어떤 장소를 중심으로 동쪽에는 물이 흐르고 서쪽에는 고원이나 언덕이며 남에는 들판이고 북쪽에는 바위산으로 된 곳이 명당이 되는 셈이다.

좌청룡, 우백호, 남 주작, 북 현무를 동 청룡, 서 백호, 앞 주작 뒤 현무도 가능할 것이다.

음양오행설

　우주의 삼라만상이 음양의 조화로 탄생, 순환, 소멸하며 음과 양의 기운이 생겨나 하늘과 땅이 되고 다시 음양의 기운이 오행을 생성한다.

　이 사상은 사신도에서 그대로 보여주고 있다. 원류는 도가 사상이나 후에 유학사상과 결합되어 한·중·일의 동양사상으로 자리매김 되었으며 우리나라 전통사상의 주류가 되었다.

　일주일의 일 월 화 수 목 금 토로 볼 때 동서양을 막론하고 인류보편의 사상으로 해도 무방할 것 같다. 일, 월은 해와 달로 우주에서 온 것으로 지구상 생명체의 본원이며 태양의 양기와 달의 음기의 조화로 생명체의 세상에서 오행이 발생한다.

　화 수 목 금 토는 생명체의 환경으로 음양과 조화를 이루어 오행의 바탕이 된다.

　토가 가운데 중심이며 흙토로서 황색, 황금, 부귀영화 황제의 색이다.

목은 동쪽을 나타내며 나무목으로 봄을 상징하고 청색, 귀신을 물리치고 복을 가져 옴.

금은 서쪽을 의미하며 쇠금으로 가을을 상징하고 백색, 결백, 진실, 순결로 흰옷을 표함.

화는 남쪽을 나타내며 불화로 여름을 상징하고 빨강색, 생성과 창조, 정열과 애정을 표함.

수는 북쪽을 의미하며 물수로 겨울을 상징하고 검정색, 지혜와 평화, 용서를 나타냄

음양 오행사상은 인생의 탄생에서부터 소멸 후의 영혼까지를 다 아우르는 사상으로 주로 지형에 따른 환경을 오행의 규정에 조명해보는 풍수지리설이다. 살아있는 자는 양택이라 하여 집터에 대한 해명이고 죽은 자는 음택이라 하여 묘 자리에 대한 진단서라 할 수 있다.

인간이 이 세상에 태어난다는 것은 인연이고 인연은 살아 있을 때는 액땜이나 액막이로 죽어서는 영혼의 안식을 위한 비방책을 펼친 것이 음양오행설로 보인다.

오방색

오행사상을 상징하는 색이다. 인간이 발 디딘 한 지점을 일 방향으로 보고 사방을 합해서 오방향이 되고 그에 따른 색을 설명하고 있다.

봄 — 목 — 나무 — 동쪽 — 청색 — 청용 — 양기 : 햇빛이 잘 들어 나무가 더 푸르다.

여름—화 — 불 — 남쪽 — 적색—주작 — 양기 : 덥고 열정적인 기가 왕성하다.

중앙—토 — 땅 — 중앙 — 황색—황룡 — 양기 : 자리 잡고 뿌리내린 중심지다.

가을—금 — 금속 — 서쪽 — 백색 — 백호 — 음기 : 쇠가 흰색이고 깨끗하다.

겨울—수 — 물 — 북쪽 — 흑색— 현무 — 음기 : 골이 깊어 어둡고 차갑다.

오방색은 방위와 색을 통한 음양의 조화와 균형을 통하여 인간

생활의 원활함을 돕기 위한 사상이다. 현대사회에서도 상당히 자리 잡고 이어내려 오고 있는 것이 있다.

시집가는 새색시의 볼에 찍는 연지곤지라든지 색동저고리, 애기 낳은 집의 금줄, 음식의 오색고명, 붉은 색 부적, 사찰 장식의 단청을 예로 들 수 있을 것이다.

오간색

오방색 사이에 오간색이 있다.

동방과 서방 사이에 벽색 — 청색과 백색 사이에 벽색.

동방과 중앙 사이에 녹색 — 청색과 황색 사이에 녹색.

남방과 서방 사이에 홍색 — 적색과 백색 사이에 홍색.

남방과 북방 사이에 자색 — 적색과 흑색 사이에 자색.

북방과 중앙 사이에 유황색—흑색과 황색 사이에 유황색.

오방색을 보면 흑백의 무채색을 빼고 나면 빨강, 파랑, 노랑의 삼원색이 된다.

삼원색을 통하여 무한한 간색을 만들어 낼 수 있는데 오행사상에서는 굳이 무채색인 흑색, 백색도 주 색상으로 하여 오원색으로 간색을 만들다 보니 전체 연결이나 균형, 조화가 어딘지 모르게 어색하다. 음양오행설의 창시자나 신봉자들이라고 할 수 있는 고대인들은 모든 색상의 인조색은 다 섞으면 흑색이 되는 것은 알았을지 몰라도 빛의 삼원색이 빨강, 파랑, 초록이라는 것과 그 색상의 빛을 다 합치면 백색이 된다는 사실은 몰랐을 것이다.

그러니까 색의 어울림의 관계에서 보색 관계에 대한 고찰이 부족했다고 보는 것이다. 그 보색 때문에 샤머니즘을 추구하는 무당들의 복장이나 깃발이 오방색이나 오간색을 마구 뒤섞여 놓은 형국이라 악귀는 쫓는지 몰라도 미적 감각에 있어서는 문제가 있는 것 같다.

오방색은 좋은데 오간색까지는 더 체계적인 과학적 연구가 필요할 것 같다.

도깨비

음양오행설의 도교 사상에서 사신도나 명당은 주로 죽은 자에 대한 영혼의 안식을 위한 수단 강구나 방편이라면 살아 있는 자에 대한 길복을 위한 방안으로 집터의 개념이 있다.

풍수지리설의 본 취지는 집터에 관한 것이었다. 길터는 복을 받을 것이고 흉터는 마를 불러들여 화를 입을 것이라는 것이다. 집터에 음양오행설을 적용시키는 것이 풍수지리설이다.

풍수지리설에 따르지 않은 집터는 잘못하면 도깨비 터가 될 수 있다는 것이다. 도깨비 자체는 선악이 될 수가 없고 서양 사람들의 좀비 정도의 개념이나 그것이 집터에 적용되면 악마로 변신한다. 험상궂은 몰골에 머리에 뿔이 달리고 등 소란을 피우고 사람의 심기를 어지럽혀서 끝내는 화를 일으킨다는 것이다. 터가 세니 순하니 하거나 또는 이사 방향이나 날짜를 잡느니 하면서 오늘날에도 음양 오행사상이 실생활에 많이 남아 있음을 엿볼 수 있다.

귀신(유령)

　여러 종교에서는 그들의 유일신만 선이고 나머지 어떤 신도 악마로 규정한다. 종교의 신이나 귀신이나 인간의 마음 다스림의 한 방편이다. 정신의 다스림이 가지런해질 때 종교적 신에 가까이 갈 수 있고 그 정신이 혼란해질 때 귀신 엄습의 틈이 생기는 것이다.

　현몽의 상태와 귀신을 엄격히 구분할 수 없을 만큼 인간의 정신과 밀접하고 정신건강의 한 측면으로 간주되기도 한다. 그만큼 인간사가 복잡하면 정신적인 면도 다양해지고 혼란스러워진다. 그 혼란스러움을 방지하기 위해서 대체로 사람들은 유일신을 찾게 된다. 종교의 번창도 인간사의 복잡함과 연관이 있는 것 같다.

　모든 귀신을 악으로 규정할 수는 없지만 정신건강상으로 볼 때 대체로 악일 경우가 일반적이고 그보다도 과학문명의 시대에는 귀신의 존재는 거의 인정하지 않는다.

사팔뜨기의 유혹

염소의 닭 사료

초식성이며 가축인 염소는 왕성한 생명력을 가진 동물이다. 섭생이 까다롭지 않고 병도 잘 걸리지 않아 키우기가 쉬운 가축에 속한다. 가축 중에서 야생성이 가장 강한 편이라 버려두면 저들끼리 번식하고 살아간다. 먹는 것도 종이까지 먹을 정도로 식성이 다양하고 독풀을 제외하고는 나뭇가지, 나무껍질까지 먹는다.

식수가 없어 사람이 살지 못하는 무인도에 풀어놓으면 먹는 초목에서 얻는 물만으로도 충분히 생존을 유지하며 강한 번식력으로 수가 늘어나 섬을 황폐화시키기 때문에 생태계의 파괴범으로 지목되기도 한다.

그러한 염소에게 공장에서 생산되어 포장된 닭 사료를 먹이면 너무나 잘 먹는다고 한다. 주는 대로 너무나도 맛있게 먹고는 모두 다 죽는다는 사실이다.

염소 섭생의 불가사의

    동물들의 생태계에서 먹잇감에 대한 감각기능이나 본능은 너무나 잘 발달되어 있고 예민하다. 생존본능의 가장 기본이고 우선해야 할 감각이기 때문이다. 어떤 동물이든 식생에 거슬리는 먹이를 먹는다는 것은 도저히 이해가 가지 않는 일이다. 자연 생태계에서는 일어날 수 없는 일일 것이다.

    먹고 죽을 먹이를 먹성 좋게 먹고는 죽는 염소, 과연 염소란 놈이 그렇게 어리석은 동물인가? 절대 아닐 것이다. 오히려 영특해서 탈인 가축이다. 가축의 대부분은 어느 정도 주인과 친밀감이 있고 친화력이 있기 마련이다. 그런데 염소는 아니다. 냉정하고 쌀쌀맞고 주인에게 박정하기로는 염소가 으뜸이다. 그것은 자기 생존과 자기 먹이에 대한 집중과 본능이 강하기 때문에 주인 따위는 아랑곳하지 않는다. 그래서 서양에서는 염소를 악마의 화신으로 간주하기도 하는 나라도 있다. 염소의 비정함은 주인 없이도 살 수 있다는 자신감일 것이다. 그런데도 인공사료에 대한 어리석음을 보이는 것은 정말 알다가도 모를 일인 것이다.

먹이 진위의 판별 능력

왕년의 우리들 시골생활에서 쥐를 잡기 위해서 쥐약을 음식에 섞어 놓아두면 물론 쥐도 먹지만 엉뚱한 마루 밑의 개가 먹고는 죽는 바람에 죽은 개 끌어다 버리는 경우가 많았다.

그 후에는 농약의 범람으로 농약에 오염된 먹이를 먹고는 많은 야생동물들이 수난을 당했다. 참새, 제비, 산새 등이 가장 좋은 예가 될 것이다. 여우의 멸종도 그 중의 하나가 될 것이다. 그렇게 농약이 범람해도 까치, 까마귀 등의 텃새들은 절대 오염된 독극물이 섞인 먹이를 먹지 않는다. 그 놈들이 정말 영특한 동물이라는 말도 되는 것이다.

영리하고 영특하기로 치자면 개나 여우가 으뜸일 터이지만 그러나 먹이 앞에서는 어쩔 수 없는 강력한 본능에 이끌려 자칫 실수하는 바람에 독극물을 먹게 되는 것일 것이다.

먹고 죽는 것으로 따지자면 가축이나 동물들이 독극물을 먹고 죽는 것이나 염소가 닭 사료를 먹고 죽는 것이나 진일배가 아닌

가. 그렇다면 염소에게는 닭 사료가 독극물이 된 셈인 것이다. 또한 염소는 제가 죽을 독극물을 맛있게 잘 먹었다는 결과가 되는 셈이다.

동물들의 현대판 몬도가네

태평양의 가운데 어느 지점에는 세계 3대양의 조류를 타고 흘러들어 온 쓰레기가 모여서 된 쓰레기바다가 있다고 한다. 바닷물과의 비중 관계로 절대 가라앉지 않는 비닐과 플라스틱이 주를 이룰 것이다. 자연 산품은 목재라도 금방 가라앉기 마련이다. 순 인위적 산물로 떠내려 온 그것이 해마다 빠른 속도로 커진다는 것이다. 멀지 않은 시대에 인간들은 상상을 초월하는 쓰레기바다를 보게 될 것이라고 한다.

문제는 바다에서 먹이를 구하는 조류에게서 전연 예상치도 못한 일이 벌어졌다는 것이다.

알바트로스(군함조)라는 새는 일생을 바다에서 먹이를 구하고 바다 위 하늘에서 날고 자고 하면서 보내다가 번식기에만 육지에 정착하는데 주로 날치를 주식으로 한다고 한다.

그런데 부화한 새끼에게 플라스틱 조각을 물어다 먹인 관계로 새끼는 죽고 플라스틱 쓰레기만 남는다는 것이다. 세계에서 가장 큰 새인 알바트로스 어미 새도 쓰레기 조각을 먹었을 것이고 죽기도 했을 것이다. 3대양을 누비면서 마음껏 날고 지구 바다 전체를 생존무대로 사는 새다. 새끼 키우는 먹이를 5천 킬로 밖에서 물어 오기도 한다는 것이다.

정말 상상을 초월하는 기적의 새도 치명적인 약점은 있다. 그것은 먹이 진위의 구별 능력 부재라는 것이다. 바다를 떠가는 플라스틱 조각과 제 놈들의 주식인 날치를 식별 못하는 데서 일어나는 현상인 것이다,

악마의 유혹

염소의 닭 사료는 사실 별 문제가 되지 않는다. 염소 생리 자체의 인간으로서 이해 못하는 사실을 알았을 뿐이고 염소에게 닭 사료를 주지 않으면 해결되는 문제인 것이다. 그러나 대양을 위협하는 쓰레기바다라든지 알바트로스의 플라스틱 먹이 등은 단순한 사실 이해만으로 해결되는 문제가 아닌 것이다. 인류 공동의 문제로 당면한 과제이며 어떻게 하든 공동으로 해결하지 않으면 스스로 공동 자멸할 수밖에 없다는 절박한 단계에 와 있다는 것이다.

인류의 자멸 앞에서는 종교도 국가도 민족도 이데올로기도 있을 수 없다. 자멸의 길을 피하는 수단이 선이고 그대로 둔다거나 종교, 민족, 국가의 이익만을 추구하고 방치한다면 그것은 그대로 악이 되는 것이다. 현대 국가사회도 고대 국가사회와 별로 다를게 없다.

악마의 달콤한 유혹 앞에 인간들은 어쩔 수 없이 허물거리는 존재인 것이다.

악마의 경고

닭 사료나 플라스틱 쓰레기는 염소나 알바트로스에게는 죽음을 가져오는 악마의 존재다.

그것들은 확실한 인공적 가공 산품들이다. 자연의 생물더러 인 공물의 먹이 진위를 구별 못한다고 탓할 수도 없는 노릇이다. 염 소에게 닭 사료는 초식동물에게 먹여서는 안 되는 지방질의 먹이 를 먹인 셈이고 알바트로스에게 플라스틱 조각을 먹인 셈이 되는 것이다.

염소에게 닭 사료는 우리들의 지식이나 경험으로 충분히 피할 수 있지만 망망대해의 조류에게는 인간의 노력으로는 도저히 불 가능하고 그렇다고 인간 사회의 문화를 포기나 역행할 수도 없다. 인간의 세상과 먼 조류나 생물이라도 그것들이 아무리 미미한 존 재라 할지라도 그들이 못사는 세상은 인간도 못살고 그들이 사라 지는 세상은 언젠가는 인류도 사라질 것이기 때문이다.

광우병 파동의 교훈

　과거 전통생활의 시절에는 농사를 위한 집집마다 소가 있었다. 부엌에서 나오는 구정물을 모았다가 소를 직접 먹이기도 하고 소죽 끓이는데 붓기도 한다. 그 구정물에 소나 돼지 등 육질의 성분이 많으면 소가 그 물이나 소죽의 먹이를 잘 먹지 않는다. 역겨운지 먹다가 먹기를 포기한다. 그런 경우는 지극히 자연 현상이다.

　광우병 파동에서는 소가 먹어서는 안 되는 육질의 성분을 교묘히 가공하여 소를 잘 먹게 하고는 희희낙락하다가 일어난 날벼락이었던 것이다. 무지의 소치였다.

　초식동물이 먹어서는 안 되는 지방질 성분을 자연 상태에서는 절대 먹지 않는 것을 가공 사료를 통해서는 잘 먹게 된다는 것이 참으로 희한한 일이 아닐 수 없는 것이다. 그리고 초식동물이 먹은 그 지방질이 그 동물의 혈관에 들어가 쌓여 혈관이 막힘으로써 일어난 파동이었고 염소의 죽음이었으리라 가상해 보는 것이다. 그러니까 악마는 자연 상태에서는 혈관의 벽을 뚫지 못하지만 인조의 가공물을 통해서는 혈관 벽을 무난히 통과하고 교묘히 침투하여 일어난 사단이었다. 악마가 따로 있는 것이 아니라는 것이다. 육식동물에게는 활력소가 되는 것이 초식동물에게는 악마가 될 수 있다는 교훈인 것이다.

트랜스 지방의 존재

지방의 성분을 포화지방과 불포화지방으로 분류한다. 일반적으로 동물성 지방을 포화지방으로 보고 식물성 지방을 불포화지방으로 본다. 예외는 있다. 개고기나 오리고기 등은 불포화지방이라 하고 열대지방의 야자유, 팜유는 포화지방이라 한다. 코코넛 오일은 포화지방이지만 인체에 매우 유익한 것으로 각광받고 있다고 한다.

포화, 불포화는 성분의 많고 적음의 차이지 모든 지방성분에는 포화지방, 불포화지방이 항상 공존한다. 포화지방은 상온에서 잘 응고된다는 것이고 불포화지방은 낮은 온도에서도 액체 상태를 유지한다.

라면, 건빵, 과자 등의 딱딱하게 굳고 건조함은 포화지방의 역할이라 한다. 한때 라면에 불순한 소기름을 사용한 관계로 라면 우지 파동이 있었다. 지금은 식물성 기름이면서 포화지방인 팜유를 쓴다고 한다. 일반적으로 사람 몸에는 불포화지방이 좋은 것으로 되어 있다.

트랜스유는 자연 상태에서는 존재하는 지방이 아니고 인위적
처방인 불포화지방을 높은 열로 가열했을 때 포화지방으로 변질
되는 것을 말한다.

콩기름에 대한 경험

우리나라 전통 간장 담그는 방법은 예나 지금이나 똑 같다. 노란 콩을 물에 불려서 삶아서 찧어서 메주를 만들어서 간장과 된장을 만든다.

그 옛날 우리들은 메주콩 삶는 날이 군것질 하는 날이었다. 뜨끈뜨끈한 삶은 콩의 고소한 맛에 이끌려 왔다 갔다 하면서 자꾸만 한 줌씩 집어먹는 것이었다. 문제는 그날 밤이었다.

급하게 쏟아지는 설사를 감당 못해 변소 칸까지 채 가지 못하고 마당에다 물총 쏘듯 정말 꼴사나운 일을 보고는 날 밝은 이른 아침에 식구들보다 먼저 일어나 처리하는 것이었다.

더 가소로운 것은 해마다 반복 되풀이했다는 사실이었다. 설사가 나는 것을 뻔히 알면서 먹을 때만큼은 다가올 밤의 난리를 전연 예상하지 못한다는 것이었다. 자제력 부족도 있었겠지만 그보다도 배고픈 시절에 삶은 콩이 그렇게 맛있었다는 사실이었다. 물론 식탐이 많아서 조금 많이 먹은 탓도 있었으리라.

콩기름의 성질

콩기름은 식물성 기름이다. 콩에는 단백질도 많지만 지방질도 많아서 인류에게는 없어서는 안 될 필수의 식품이다. 예부터 우리 조상들은 콩에서 지방성분보다는 단백질 성분을 이용한 식품을 주로 개발시켰다. 간장, 된장, 두부, 순두부, 비지, 콩나물, 콩고물 등이다. 우리 식탁에서 하루도 빠지면 안 되는 소중한 식품이다. 주식인 쌀을 비롯한 대부분의 식량들은 그냥 삶아서 먹으면 되는 데 비해서 콩은 변화를 시켜서 먹는 것이 특징이다.

콩을 그냥 삶아서 먹었을 때 그날 밤의 사단은 분명히 먹어서는 안 될 성분이 있었거나 그것이 과했을 때일 것이다. 그것이 콩기름인 것이다. 콩기름이 우리 몸에 해롭지는 않겠지만 많이 필요로 하지 않은 것만은 분명하다. 굳이 콩기름을 따로 먹을 일은 없겠다는 말도 되는 것이다. 옥수수도 삶아서 먹는 것까지는 콩과 달리 무난한데 옥수수를 기름을 짜서 따로 이용한다면 콩기름과 같은 성질의 것으로 되어 있다.

식물성 지방의 필요성

동서양을 막론하고 예나 지금이나 요리의 재료로 지방질이 꼭 있어야 하고 인류는 생명유지를 위해서 지방의 섭취가 필수다. 주로 식물성 지방을 이용하나 중국 사람들의 돼지비계나 서양 사람들의 버터 등의 동물성 지방도 자연식품으로 훌륭한 요리재료다.

산업사회가 되면서 식품의 대량생산에서 문제가 야기되었다. 지방의 대량공급이었다.

공업제품으로 대량생산되는 식품의 수요에 맞춘 지방성분을 얻기 위한 가축의 사육은 불가능한 것이다. 가축의 사육은 대체로 고기를 얻기 위한 것이기 때문이다. 그래서 미국을 위시한 서양 사람들이 생각해낸 것이 북미 신대륙을 비롯한 북극지방의 물개 등의 동물이었다. 바다코끼리 등은 거대한 기름덩어리였다. 처음엔 가죽만을 위해서 사냥했으나 가죽보다 지방질이 더 소중하게 되었다. 물론 소기름, 돼지기름도 충분히 활용했다.

시대가 지나면서 동물성지방에 대한 문제가 발생했다. 과잉섭취로 인한 인류의 건강에 빨간불이 켜졌다. 동시에 극지방의 동물들에 대한 멸종 위기의 경고와 자연보호의 필요성이 대두되었다. 동물성 지방에 대한 경각심을 일깨우는 사회적 국가적 운동도 일어났다.

산업 대량생산되는 식품으로 인한 동물성지방의 과잉섭취는 결국은 포화지방의 과잉섭취라는 것이다. 그렇다면 불포화지방인 식물성 지방을 사용하면 될 것 아니냐는 것이었다. 기존 전통 지방은 대량생산이나 대량공급도 어렵지만 경제적 수지타산도 맞지 않았다. 그래서 등장한 것이 콩기름, 옥수수기름이었다. 가격도 싸고 대량생산도 가능한 식물성지방의 대표로 종전까지 인류가 사용하지 않았던 콩기름, 옥수수기름이 등장하게 된 것이다.

트랜스지방의 과용

동물성지방의 과용은 결국 포화지방의 과용 섭취가 되니까 그렇다면 식물성지방이면 인류의 지방 섭취의 문제가 해결되리라 보았다. 불포화지방이니까 포화지방에서 오는 인류 신체의 건강 문제는 아무 문제가 없으리라 여겼다. 그러므로 각종 요리 재료로 식물성지방이 널리 보급되었다. 식물성지방을 이용한 식품산업이 활기를 띄었다. 기름을 이용해서 하는 식품이나 음식산업이 만능의 불포화지방을 이용해서 번창의 길로 들어섰다. 기름을 이용해서 끓이거나 볶거나 튀기거나 삶거나 굽는 여러 가지 식품들이 속속들이 개발되어서 번창의 길에 있었다. 사람들의 영양 상태는 너무나 좋아졌다. 좋아지다 못해 이번에는 비만해지기 시작했다. 영양의 과잉이었다.

마요네즈나 마가린을 이용한 각종 유제품이나 아이스크림, 케이크, 빵 등의 식품들이 사람들의 입맛을 사로잡았다. 그 외에 햄버거, 통닭튀김, 생선튀김 등 수많은 튀김요리 등이 속속들이 개발되어 나왔다. 세상은 바야흐로 맛의 전쟁이고 맛의 시즌이었다. 그 맛은 잘 사는 것의 기준이 되었고 선진국의 표상이 되었다. 비만 인구가 많은 나라가 잘 사는 나라이고 앞선 선진국이라도 되는 듯이 사람들은 살이 디룩디룩 쪄 갔다. 거기까지는 너무나 좋았다. 그런데 이번에는 종전에 없었던 성인병이 나타나기 시작했다. 비만 인구에 비례해서 성인병의 비율도 늘어났다. 진짜로 선진국의 기준이 성인병의 발병 숫자와 비례하는 진풍경이 나타났다. 성인병이 많은 나라가 잘 사는 나라나 선진국은 될지 몰라도 행복한 나라의 기준은 결코 될 수 없는 것이다.

우리나라도 트랜스지방의 과용으로 인한 국민건강 문제가 심각한 경지에 이르렀다고 본다. 우리 국민의 각 가정에서는 일체의 트랜스지방을 사용하지 않는다. 그러나 음식점이나 시장의 사업용 또는 식품산업에서는 거의 필수의 용도로 트랜스지방이 응용되고 있는 실정이다. 정부당국이나 학계에서도 누구 하나 트랜스지방 과용의 위험성에 대하여 경고를 하거나 과용에 따른 국민건강을 염려하는 사람이 없다는 것이 더 문제일 수 있다.

트랜스지방 사용의 경고

    이미 반세기 전에 트랜스지방의 유해성에 대하여 논의가 되었고 해로움을 지적하는 학자도 있었다. 1957년에 미국의 영양학자 안셀 키스 교수는 트랜스지방의 유해성에 관한 논문을 발표하였다. 그에 의하면 미국에서 심장병으로 사망한 사람들에게서 공통적으로 발견되었던 것이 혈관의 트랜스지방이었다는 것이었다. 그러면서 트랜스지방은 아무리 적은 양이라도 먹지 말라 하였다. 이유는 우리 몸에 아무런 도움이 안 되는 식품이라는 것이었다.

    인체에 유해하기만 한 그것을 이용한 음식이나 식품은 되게 고소하고 맛이 있다는 것이었다. 그럼으로써 자꾸 먹게 되고 많이 먹으니까 살이 찌고 혈관과 심장에 문제가 생기고 그래서 건강을 해친다는 주장이었다.

    트랜스지방을 콩기름이라고 볼 때 그것이 우리들 몸에 아무런 도움이 안 된다는 증거는 어릴 때 먹었던 뜨끈한 메주콩에서 얻은 경험에서 추이가 가능한 것이다. 몸에 도움이 안 되니까 밖으로 나와서 망정이지 그렇지 않고 혈관에 쌓여도 병이 될 것이고 또 많이 먹게 되면 병에 걸릴 것이 거의 확실한 것이다. 몸 밖으로 배출되지 않고 오히려 자꾸 먹게 되는 것이 트랜스유라는 것이다. 콩기름은 불포화지방으로서 우리 몸에 아무런 도움이 안 되니까 스스로 알아서 자동 배출되는 셈이다. 그러나 이것이 가열되어 트랜스유로 변질되면 포화지방이 되어 고소하고 맛있게 되니까 결국은 포화지방의 과용으로 몸에 축적되는 결과가 되는 것이다.

미국 FDA에서 경고

1957년 안셀 키스 학자의 트랜스지방 유해성 경고 이후 60여 년 만에 2015년 10월 현재 미국 FDA에서 트랜스지방을 식품에서 제외시켰다. 그것은 미국의 비만 인구 증가에 따른 국민건강과 건강 유지를 위한 사회적 비용 부담으로 인한 고육지책의 일환이었다. 비만과 성인병으로 치부되는 고혈압, 당뇨, 암 등의 주된 요인이 몸의 혈관에 쌓이는 트랜스유라고 확신하였기 때문이었다.

트랜스지방이 많이 들어 있는 식품으로는 빵, 케이크, 과자, 아이스크림, 치킨, 마아가린, 피자, 햄버거, 쇼트닝, 마요네즈 등을 들 수 있다. 식품의 표지에 트랜스지방이 0으로 되어 있어도 미량이 들어 있다고 한다. 그리고 우유를 비롯한 유제품에는 자연적으로 존재하는 트랜스유가 있다는 것을 볼 때 트랜스지방의 경고에 너무 민감하게 반응할 필요가 없다고 주장하는 학자도 있다고 한다.

100세 장수의 유해성 주창자

60여 년 전에 트랜스지방의 유해성을 주장했던 그 안셀 키스 학자는 2015년 현재 100세가 넘은 나이로 아직도 살아 있었다. 후손들이 마련해 준 100세 생일 축하연에서 촛불을 켰던 5단 케이크를 전부 쓰레기통에 버렸다. 본인 당신도 먹지 않고 남들도 절대 먹어서는 안 된다는 주장이었다. 미국의 그 교수는 버터는 먹는다고 했다. 본인이 주장하고 본인이 실천하여 증명이라도 하듯 장수하였으니까 그의 주장과 그의 논문은 상당히 설득력이 있다고 봐야 할 것이다. 식물성 지방은 불포화지방으로서 포화지방과 달리 인체에 무해할 것이라고 믿고 있었던 것을 불포화지방을 끓이면 포화지방으로 즉 트랜스지방으로 바뀐다는 사실을 연구하여 알아낸 것이다.

악마의 유혹

염소의 닭 사료나 인간의 트랜스유나 똑 같다고는 할 수 없지만 근본적으로는 유사하다 할 수 있을 것이다. 인공적으로 가공된 재료이고 고소하고 맛있다는 것과 분명히 음식 속에 있기는 하나 자연 상태로는 있지 않고 먹지도 않는다는 것이다. 참기름, 들기름은 음식에 넣어 먹지만 콩기름, 옥수수기름은 그냥 생으로 음식에 넣어 먹지 않는다는 것이다. 생으로 먹으면 맛이 없어 못 먹는 재료가 가열하면 대단히 맛있는 재료로 바뀐다는 것이 참으로 기가 찰 노릇인 것이다. 맛있는 것이면 다 몸에 좋을 것이라고 하는 사람들의 상식과 경험을 완전히 뒤집고 비웃는 결과가 아닐 수 없다. 악마는 교묘히 맛있는 음식 재료로 변신하여 사람들의 입맛을 유혹하고 있다고 할 수 있을 것이다.

가습기 사용

　인간의 지혜가 향상되면서 과학적 사고를 하게 되고 과학의 발달에 따라 우리가 숨 쉬는 공기도 똑 같은 공기가 아니라 주변의 환경에 따라 습도가 다름을 알게 되었다.

　건강에 알맞은 습도를 위해서 우리들의 전통 주거생활에서도 머리맡에 젖은 수건 걸기라든지 하는 각종 처방을 해왔다. 과학의 시대에 알맞은 가습기가 나옴은 당연한 귀결이고 그래서 만들어진 가습기를 잘도 사용해 왔다. 그러다가 가습기에도 문제가 있음을 알게 되었다. 가습기에 사용하는 물에 세균이 많이 번식하고 그 세균이 공기 중에 퍼짐에 따라 사람의 호흡기를 통해서 쉽게 몸 안으로 침투한다는 것이다. 그래서 오히려 가습기를 사용함으로써 사용하지 않을 때보다 더 폐해가 심하다는 것이었다. 그렇다고 문명국의 병원이나 가정에서 젖은 수건 널기라든지 하는 전통적이거나 원시적인 방법을 권장할 수도 없었다.

가습기 살균제

아무리 좋고 편리한 기계라도 인간이 하는 일에는 새옹지마가 있게 마련이고 그것이 가습기에 적용될 때는 가습기의 세균이었다. 가습기에 물을 붓고 전기만 꽂아 놓으면 세상 편하고 좋았는데 좋은 일 뒤에는 꼭 마가 끼는 법, 그 세균이란 불청객 때문에 전연 예상하지 못했던 걱정거리가 생겼다. 어떻게 하면 세균을 퇴치할 수 있을까가 당면과제가 되었다.

현대 과학의 시대에 선진국이라고 하는 산업사회의 역군들이 마음만 먹으면 못할 것이 없었다. 가습기 속의 물에 세균이 번식하지 못하게 하면 되는 것이었다. 그 방법이 사용하는 물에 소독약을 타는 것이었다. 그것이 살균제였다. 초기의 제품들에서는 인체에 그렇게 큰 유해성이 나타나지 않았다고 한다. 그러다 보니까 원가 절약의 경쟁은 심해지고 기업비밀은 지켜야 하고 등등 관계로 해서 드디어는 PHMG 또는 PGH라는 독극물을 사용하게 되었다고 한다.

살균제로 인한 피해

 가습기 살균제로 인하여 수많은 사람들이 피해를 입었다. 수백 명은 목숨을 잃었고 수천 명은 그로 인하여 병을 얻었다. 실증과학의 선구자 갈릴레이 갈릴레오의 희생 이후 실제 증명이 필수로 되어 있는 이공계 과학의 종사자들이 대단한 실수를 하였다. 그리스시대의 만물박사 아리스토텔레스의 삼단논법을 그대로 적용해 버렸다. 논리만 맞으면 되는 것이었다.

 가습기 속의 물에 세균만 살지 못한다면 되는 것 아니냐는 것이었다. 너무 안일하고 편한 사고를 하다보니까 담당 종사자들이 깜빡 실수를 하였을 것이다. 그런데 그런 실수를 특정의 한 회사만 하였다면 그래도 조금은 이해가 갈 수 있다 해도 이건 뭐 수많은 회사가 같은 공범으로 실수를 했고 특히 우리나라 기업들이 다 저지른 과오라니 어이가 벙벙하다 아니할 수 없는 것이다.

악마의 유혹

　기업을 하는 사람들이나 제품을 만드는 사람들이 악마는 아닐 것이다. 그러나 가습기 살균제에서 보듯 까딱 실수를 하다보면 어쩔 수 없이 악마가 될 수밖에 없는 것이다.

　상품의 상표에 있는 설명서 하나만 믿고 사용하고 그것도 많이 믿고 많이 사용한 사람일수록 더 참혹한 결과를 얻은 사람들을 생각해 보라. 천진하고 귀여운 어린 아기들이나 아이들에게 부모들이 독극물을 마시게 하여 죽인 결과를 생각하면 그 부모들은 어떻게 살 것이며 이게 어찌 인간의 세상인가!

　가습기 살균제로 희생된 사람들에 대하여 이 시대에 사는 사람들은 그들로 인하여 많은 교훈을 얻었지만 또한 반성도 하고 죄인의 심정도 때로는 가져야 하는 것이다.

　가장 우선적인 악마는 살균제의 제품을 만드는 기업 연구소의 담당 종사자들과 기업주들이고 그 다음이 그 연구를 지원하고 자문하는 학계나 대학의 교수나 박사들이다. 또한 국가 담당 공무원들도 몰랐다거나 하는 어떤 변명도 있을 수 없는 일인 것이다. 자리를 지키거나 지위를 누리라고 있는 공무원이 아니기 때문이다. 담당 공무원들의 안일무사도 상당한 책임이 있음을 명심해야 할 것이다. 살균제 사용의 장소가 병원이었다면 병원의 의사도 책임이 있으며 아이들에게는 그 부모도, 본인이 성인이라면 본인도 책임이 있는 것이다. 세상을 너무 믿은 잘못이 있는 것이다. 어떤 경우에는 세상이 악마의 소굴이 되는 때도 있는 것이다.

악마를 구별하고 가려내는 안목도 있어야 하는 것이 현 시대의 필수 덕목인 것이다.

악마의 변신

음양오행설에서는 양과 음의 조화로 만사가 형통된다고 하나 정작 현대사회에서는 선과 악의 균형으로 세상이 이루어지고 인생사가 흘러가는 것 같다. 기계문명의 발달이나 생활의 편리함을 생각해 보라. 자동차나 비행기의 속도만큼이나 악마도 빠르게 따라와 변신한다.

현대문명의 편리함에 도취하다 정신을 바짝 차리지 않으면 순식간에 악마의 진구렁텅이에 빠져 아비규환의 양상으로 되는 것이 현대사회의 진면목이다.

판도라의 상자가 열린 이후 악마들은 세상의 구석구석으로 흩어져 박혀 있으면서 호시탐탐 인간의 사회를 노리고 있는 것이다. 어둠을 틈타 둔갑술로 인간을 능멸하던 구미호들은 어둠이 없는 밝은 불빛의 문명사회가 되니까 아예 대놓고 멀쩡한 인간으로 둔갑하여 밝은 대낮의 중인환시 속에서도 온갖 행패를 부리고 있는 것이다. 인간사회의 어둡고 침침한 뒷골목을 찬찬히 살펴보라. 판도라상자에 마지막 남은 희망마저 사라질 지경이다.

이럴 때 우리 인간들의 대처 방법은 손오공의 순발력 있는 변신이나 지혜 밖에 도리가 없다. 손오공은 삼장법사라도 믿었고 든든한 후원자라도 있었지만 현대사회에서는 삼장법사도 지쳐서 떠나가 버려 감감 무소식이고 우리를 구할 구세주도 없는 것이다. 그렇다고 기진맥진하여 주저앉을 수는 없는 노릇이고 그래도 남은 희미한 희망의 등불을 켤 수밖에 없다.

Chapter 03

건강 오디세이

악마와 싸우다

전쟁 영웅 오디세이는 돌아오는 길에 풍랑을 만나 표류하다가 호기심으로 인하여 대 모험을 하게 된다. 괴물과 악마를 만나 온갖 풍상을 겪고는 10년 만에 드디어 귀향하게 된다.

오디세이는 BC 700년 경 고대 그리스 시대의 작가 호메로스의 대 서사시이다.

우리나라로 치면 황조가나 정읍사 정도의 시대상이 될 것이다. 오디세이는 서양 문학의 원조라고 한다. 그렇게 먼 옛날에 완전한 작가의 이름이 확인되는 장편의 문학 작품이 있다는 것이 놀랍다.

동양에도 악마와 싸우는 작품이 있다. 중국의 4대 기서 중의 하나인 서유기다. 주인공인 손오공은 삼장법사를 모시고 서역으로 가는 중에 가는 길을 방해하는 여러 요괴들과 신출귀몰하게 싸우는 이야기다.

두 작품이 다 여행을 하면서 겪게 되는 모험담이다. 그런데 오디세이를 비롯한 서양의 것들은 대부분 집으로 돌아오는 길의 모험담이다. '집 나가면 고생이다' 와 통하는 이야기다.

서유기는 이상세계인 서역을 찾아가면서 겪는 시련이다. 홍길동도 현실을 타파하고 멀리 가서 이상사회인 율도국을 건설한다.

서양 사람들은 외부세계에 대한 호기심이나 모험심이 많은 편이었고 동양 사람들은 현실에 대한 불안이나 불만이 많았던 것 같다.

가는 길이든 오는 길이든 동양이든 서양이든 안락의 세계를 찾아가는 길은 인생길이고 그 길에는 반드시 악마와 싸워야 하고 본의 아니 모험도 하게 된다는 이야기다.

여기에 등장하는 요괴나 악마를 병마로 대치하면 우리의 인생길은 여행의 길이며 모험의 길이고 일생을 사는 동안 항상 병마에 시달리고 싸워 이겨야 하며 뜻밖의 건강에 대한 모험이나 경험을 하게 된다고 보는 것이다.

환경의 변화

약관의 나이에 지리산 노고단에 올랐다. 붉은 벽돌로 높게 쌓은 굴뚝과 반쯤 허물어진 집들이 여러 채 있었다. 해방 후 3년간의 미군정 시절의 미군 장교들의 별장이었단다. 이렇게 높고 험준한 곳에 어떻게 저런 집을 지을 수 있었을까가 처음 본 느낌에 대한 의문이었다.

벽돌 등 건축자재의 운반수단에 대한 의문이었다. 모든 물자를 거대한 헬리콥터를 이용한 운반수단으로 그것도 천리 밖에서 왔을 것이고 어쩌면 모든 건축 자재가 외국산이었는지도 모르는 일이었다. 신선놀음을 했음직한 유적도 신기했지만 노고단의 신선 같은 풍경은 어떻게 알고 그 짧은 기간에도 이런 호사를 누렸어야만 했었던 가도 의아스러웠다. 아무튼 무너진 별장들 앞에는 고산의 하얀 고사목들이 눈 아래 즐비해 있었다. 살아서 천년 죽어서도 천년 간다는 구상나무의 회골들이라고 했다.

세월이 흘렀다. 족히 반세기는 지났을 것이다. 이제 우리나라도 고산 험준한 곳에 집을 지을 수 있는 수준까지 경제성장을 이룩하였다. 우리나라는 사적영역보다는 주로 공공재에 관하여 경제성장의 저력을 발휘한다. 바람직한 일이다. 산장이나 등산로, 케이블카 설치 등에 헬리콥터를 주로 이용한다. 헬리콥터를 이용함으로써 종전에는 감히 엄두를 낼 수 없었던 일을 할 수 있게 되었다. 전국의 등산로 정비였다.

마침 등산로 정비에 좋은 자재가 나왔다. 방부목이었다. 나무에 무슨 약품을 칠해서 썩지 않게 하는 것이었다. 그 약품은 독극물일 것이다. 나무를 독극물이 감싸고 있으니 세균이 번식을 못하고 그것이 반영구적으로 지속된다니 방부목이 될 수밖에 없고 그러니 방부목은 등산로 정비에 천상 안성맞춤이었다.

그런고로 전국의 험악한 등산로가 따뜻한 느낌의 나무계단으로 되어 있는 것을 보노라면 그 옛날 노고단의 붉은 벽돌 굴뚝만큼이나 신기하기는 하지만 의아스럽거나 그렇게 무리한 일을 했다는 느낌은 오지 않는다.

환경 호르몬

　험준한 산악의 등산로를 정비할 만큼 경제적 발전을 이룩했지만 그만큼 환경훼손도 심각한 것이다. 밝은 쪽 뒤에는 그늘이 있듯 큰 환경변화에는 큰 부작용도 따를 수밖에 없는 것이 자연의 이치다. 등산로 방부목의 큰 효용성만큼 강한 독극물이 사용되었을 것이고 그 독극물은 그대로 자연 생태계에 영향을 미친다. 방부목 설치의 등산로 아래 계곡에 사는 개구리나 두꺼비의 산란에 엄청난 안 좋은 영향을 미친다는 것이다. 그래서 친환경적 약품을 사용해서 생태계 교란문제를 해결하려고 노력하고는 있으나 그렇다고 완전할 수는 없는 것이다. 방부목의 실내 사용은 절대 금기로 되어 있다. 방부목의 외부 사용은 사람들에게는 별 지장이 없다고는 하지만 그 주변을 실내처럼 의지해서 살아가는 야생의 생물들에게는 치명적일 수밖에 없는 것이다. 실지로 등산로의 방부목 계단에는 개미가 기어 다니지 않는다. 방부목을 쌓아두면 그 밑의 땅속을 들쥐가 파헤치지 않는다.

지금까지 생태계 환경변화에 영향을 미치는 것으로 등산로와 방부목을 예로 들었지만 그런 우리 생활의 환경변화만큼이나 다양하고 많은 영역에서 생태계를 위협하고 있다.

　　환경호르몬으로 인하여 성 발달의 왜곡이라든지 남성 정자수의 부족, 인체의 균형성장을 방해하고 신체의 면역계, 신경계에 악영향을 미친다고 일반적으로 알려져 있다.

농약과 제초제

　근대화 이전, 60년대까지만 해도 벼논에 멸구 약으로 석유를 한 두 방울씩 뿌리는 정도였다. 석유를 붓으로 한두 방울씩 떨어뜨리면 기름이 물위에 사방 퍼지면서 뜬다. 그러면 다른 가족들이 바가지로 그 기름띠를 벼 포기에 퍼부으면 멸구가 떨어져 죽는다. 정말 원시적 처방 법이었다. 이화명충은 작은 나비를 제비가 거의 다 잡아먹는 것으로 되어 있었다.

　월남전에서는 고엽제가 열대 정글에 살포되었고 그로 인한 피아 군과 사람들이 많은 피해를 입었다. 도시의 골목길에는 소독약이 살포되었다.

　이내 곧 소독약은 농작물의 소독약, 즉 농약으로 더 발전되었고 고엽제는 제초제로 농촌생활의 필수 용품이 되었다. 이들로 인해 많은 동식물이 사라지거나 피해를 입었고 알게 모르게 농약을 사용하는 사람들도 오염되는 경우가 많았다. 그리고 농약의 중금속이 농작물 자체에 축적되거나 농약의 잔류량이 우리들의 먹거리에 문제되는 경우가 생기게 되었다.

비닐과 플라스틱의 생활화

인류 문명사에서 석기, 청동기, 철기, 플라스틱시대로 분류되어
도 충분할 만큼 종전에 전연 없었던 비닐 플라스틱이 우리들의 생
활환경을 획기적으로 바꾸어 놓았다. 각종 생활도구, 용품으로 활
용되면서 인간의 의식주를 비롯한 생활환경을 상상을 초월할 만
큼 바꾸어 놓았다. 우선 물에 썩지 않고 녹슬지 않고 새지 않고 때
로는 연하고 때로는 단단하고 하면서 너무나 편리하고 다양한 생
활용구의 소재가 되었다. 그러나 그 편리한 것의 반대현상은 너무
나 불편한 존재로 등장한 것이다. 빨리 부패되어 없어지지 않고
열에는 약하고 미량으로 녹고 무엇보다 태우면 매연이 공해로 등
장하는 것이다. 자연 정화되지 않는 쓰레기의 주범이 되었다. 환
경오염의 주범이 되었다.

식기, 그릇, 장난감 등으로 활용되면서 비닐 플라스틱 자체의
성분이 몸에 묻거나 그 제품을 만들 때 사용했던 화학물질들이 미
량이지만 사람의 몸속으로 들어가는 현상이 생기게 되었다. 이런

미량의 물질들이 몸속으로 들어가 쌓임으로써 사람 몸의 호르몬 분비의 생리작용을 왜곡시킨다는 것이다. 눈에 보이지도 않고 느끼지도 못하는 가운데 사정없이 환경 호르몬에 노출되는 것이 비닐 플라스틱 제품들인 것이다.

과학자들이 대단한 연구를 하여 부작용 없는 완전한 제품을 만들기 위해서 애를 쓰고는 있으나 그렇게 호락호락 여의하지 않는 실정인 것이다.

방부제와 식품첨가물

산업혁명이후 인간생활의 각 분야는 산업화되고 대량생산 체제로 전환되었다. 식품산업도 산업으로서 떳떳이 자리매김하게 되었고 대량생산을 하게 됨으로써 운반하고 보관하고 처리하는 기술도 발달하게 되었다. 동시에 식품재료산업도 발달할 수밖에 없는 것이다. 현대의 거대 도시는 거대 식품산업의 척도와 수준이며 상징이다.

문명과 문화가 발달하고 첨단화됨으로써 음식문화도 발달하고 그에 따른 식품첨가물과 각종 향신료, 조미료, 인공색소 등 음식의 맛과 풍미를 더하는 수많은 재료들이 개발되고 첨가 되었다. 이들 수백 가지의 식품첨가물이나 색소 중 가장 으뜸이 아질산나트륨이라고 하는 방부제이다. 주로 육류 가공식품에서 사용되는 방부제는 허용기준치가 있다. 대부분 허용기준치를 지키고 있고 허용범위 안이라고는 하나 아무래도 미덥지 못하고 또 적은 양이라도 우리 몸에 자주 들어오고 쌓이게 되면 균형 잡힌 생리작용에 부작용도 생기게 되고 신체의 대사 작용에도 장애가 일어날 수 있는 것이다. 인공색소나 조미료, 향신료 등도 마찬가지다. 식품첨가물이나 가공식품에 대한 맹신은 항상 금물인 것이다.

중금속

요즘 우리나라 산모들에게 참치고기를 먹지 말라는 경고를 내렸다. 참치에 있는 중금속이 산모의 몸을 통해서 태아에 영향을 미쳐 태아 건강에 자칫 장애를 가져올 수 있다는 것이다. 그만큼 전 세계 바다는 오염되었고 덩치가 큰 고기일수록 먹이 사슬로 인하여 중금속이 더 많이 쌓인다는 것이다. 북유럽국인 노르웨이의 어느 바닷가 마을에서는 벌써 수십 년 전부터 해마다 했던 고래잡이 축제를 하지 않는다고 했다. 그 마을의 민속처럼 되었던 고래 축제를 하면 안 될 만큼 고래가 이미 중금속으로 오염되어 고래고기를 먹어서는 안 되는 것으로 판단을 내린 것이다.

우리가 어린 시절에 박하풀이라는 것이 있었다. 먹어도 되는 풀로서 먹으면 매운 맛이 난다. 못둑 같은데 있는 것은 그렇지 않은데 한길 가에 있는 것은 차 냄새가 확 나면서 구역질이 올라왔다. 일차선 비포장도로로서 가뭄에 콩 나듯 띄엄띄엄 차가 다니는데 그 풀에 자동차 매연이 그렇게 박혀 있었던 것이다. 문제는 그것을 먹어도 되는지에 관한 결론을 내릴 수가 없었다는 것이다. 구역질이 나서 먹기 싫었기 때문에 먹지 않았지 그것을 먹으면 안 된다는 것은 몰랐다는 사실이다. 중금속에 관한 인식이 없었기 때문에 먹어도 되는 풀에 대한 호기심만 있었다. 지금도 한길 가에 있는 쑥을 캔다든지 한길 가의 풀을 수거해서 소 사료로 쓰는 경우가 있는데 안 될 일이다. 오염된 하천 바닥에서 자란 나물이나 채소, 곡식도 절대로 먹어서는 안 되는 것으로 되어 있다.

납, 카드뮴, 수은 등 질량은 무거운 물질이나 열 등에는 약해서 쉽게 분해되고 잘 녹는 성질로 인하여 먼지, 매연 등에도 많이 분포한다고 한다. 오염된 공기 중의 호흡기를 통하여 흡수되기도 하고 손으로 만지거나 피부에 닿아도 몸 안으로 침투하는 성질이 있는 관계로 낚시꾼이나 어린이 장난감 등에 항상 주의를 기울여야 하는 것이다.

우리 주변의 곳곳에 감지하고 느끼지 못하는 중에 건강을 해치는 여러 요소들은 악마가 되어 살금살금 우리들 몸속으로 침투한다. 항상 경계심을 잃지 말아야 할 것이다.

항생제

현대 인류가 직면한 가장 큰 공포는 슈퍼 박테리아다. 여기서 박테리아는 바이러스를 포함한 말이다. 항생제의 남용으로 항생제에 저항성을 키워 온 박테리아가 언제 거대한 슈퍼 박테리아로 변종하여 인류를 위협할지를 모른다는 것이다. 항생제도 마약과 같아서 자꾸 더 강력해져야 효력을 볼 수 있다는 특징을 가지고 있다. 그 말은 어떤 병을 일으키는 박테리아가 금방 금방 강력해지는 항생제에 적응한다는 의미이다. 그러다가 어느 때는 어떤 강력한 항생제보다 더 큰 위력을 발휘하여 인류의 의학기술을 능멸하는 그런 힘을 가진 박테리아가 출현할 수도 있다는 것이다. 감당 못할 전염병에 대한 공포이다.

인류 역사에서 앙코르 와트나 마추픽추 유적 같은 불가사의한 일의 인과관계와 아무리 강력한 제국이었다 해도 그 말로나 쇠락에는 항상 전염병이 뒤따르고 이러한 일련의 거대한 분수령에는 결국은 전염병과 연관되는 것으로 귀착된다.

아프리카 사파리의 육식 동물들 중에서 먹이사슬의 최상위에 있는 사자나 들개 떼에서 흔히 볼 수 있는 현상으로 전염병으로 개체의 수를 조정하고 종의 지속성을 유지한다.

인류도 인구 폭발과 인류문화가 무궁하게 번영할 수만은 없을 것이다. 반드시 스스로의 힘으로 자정되어야 하는데 그렇지 않을 때에는 어떤 강력한 제재의 수단이 강구될 것이다. 그 수단이 무엇일까가 궁금한 것이다. 예상은 전쟁과 전염병인 것이다.

세계사에서 강력한 전염병으로는 14세기 전 유럽을 휩쓴 페스트라고 하는 흑사병이었다.

17세기까지 3백 년 동안 근 2천만 명이 희생되었다고 한다. 이 무렵은 우리나라도 임진왜란과 병자호란의 과정에서 전쟁과 전염병으로 5백만 명은 희생되었다고 했다.

전쟁과 전염병은 인류의 역사를 되돌아보건대 인간사회의 발전과 지속성을 유지하기 위한 인류 스스로의 자정 노력에 불과하다고 하는 견해이다. 그렇다면 인류는 지혜를 가진 사회적 동물이란 면에서 너무나 슬프고 무지몽매함에 어쩔 줄 모르고 쩔쩔매고 있는 꼴이다.

최초의 항생제는 1928년 영국의 플레밍이 푸른곰팡이에서 뽑아낸 페니실린이었다. 세계 2차 대전 때 요긴하게 그 위력이 발휘되었다고 한다. 장티푸스, 이질 등 그동안 있었던 웬만한 법정 전염병에 아주 효과적이었다고 한다. 점차 그 효능이 줄어들더니 지금은 확률이 50% 밖에 안 된다고 한다. 부작용이 반이라니 죽기 아니면 살기로 페니실린을 사용해야 한다면 이미 그것은 폐기처

분되어야 할 항생제가 된 셈인 것이다.

그 뒤 수많은 항생제, 마이신 등이 나옴으로써 박테리아가 그에 적응하다보니까 더 강력해져서 페니실린 정도로는 오히려 부작용이 더 큰 주사약이 되어버린 것이다.

가축의 주사약으로 사용되는 항생제도 우리 몸에 쌓이고 무시 못 할 항생제 성분의 유입으로 인하여 우리 몸을 침입하는 병원체도 저항성이 점차 강력해지고 있다.

가축의 분뇨로 만든 거름을 통해서도 채소나 곡식에 쌓이고 그 것으로 사람 몸에도 모르는 사이에 항생제가 쌓인다는 것이다.

세제와 소독약

최근에 우리는 가습기 살균제로 인한 엄청난 충격에 휩싸이게 되었다. 그것만이 아니었다. 세상에 알려지지도 않으면서 살균제 못지않게 살인 담당의 세제에 대한 충격인 것이다.

집집마다 싱크대로 지칭되는 부엌에 퐁퐁이라는 이름으로 화려하게 진열된 세제의 활용도에 관한 이야기다. 이름이나 종류야 어떻든 세제 한두 방울이면 아무리 난삽한 설거지라도 끝이었다. 설거지의 끝판 왕 세제에 관한 맹신이 문제였다. 모든 그릇이나 용기에 적용한다는 것은 무리라는 것이 판명되었다. 바로 오지그릇이라고 하는 약탕기나 도기 그릇이다. 개발시대에 늦게 퇴근하는 남편을 위하여 화로 위에 된장찌개 올려두고 기다린 사랑의 증표였던 그 오지그릇에는 공업용 세제는 해당사항이 없었다. 모든 도기그릇은 그 세제들을 빨아들인다는 것이다. 그러다가 끓이면 다시 나와 그릇 속의 음식에 섞인다는 것이다.

그러면 결국은 그 세제를 사람이 먹는 꼴이 되는 것이다.

다 자란 어느 중학생 사춘기 남자 학생이 갑자기 쓰러져 걷지 못하는 장애자가 되는 것을 보았다. 그 원인은 아무도 모른다. 의사도 모른다. 전문가 의사가 취조하듯 하여 그 원인을 규명한다면 알 수는 있겠지만 우리 인생 세상이 그렇게까지 남의 일에 관심을 어디 가져 주는가? 환경공해에 관한 방송 다큐에서 우연히 발견된 장면일 뿐이다.

아무래도 그릇 세제와 도기 질그릇과의 연관성에 관한 생각을 지울 수가 없었다.

그 밖에 모기약, 바퀴벌레 약, 욕탕에 쓰는 각종 세제, 곰팡이 지우는 세제, 각종 뿌리거나 바르는 소독약 등 우리 주변에는 수많은 위험이나 공해 요소들이 즐비하다. 그 사용이나 활용에 주의사항이나 경각심을 잃지 말아야 할 것이다.

통조림과 식품보관

우리들의 전근대적 전통 풍습에 애경사에 참여하면 집에 돌아갈 때에 음식 봉지를 싸주는 풍습이 있었다. 주로 떡과 고기였다. 배고픈 시절, 대문에 들어서는 어른들의 손끝만 유심히 보던 시절이 있었다. 빈손일 때 아이들이나 가족들의 허탈에 대한 배려였다. 경사보다 특히 애사는 시기 선택에 불문가지가 아닌가. 오뉴월 한여름일 때도 봉지는 한결 같았다.

귀한 고기, 버리면 너무나 아까울 뿐이었다. 아깝다고 한 점씩 먹은 고기로 전 가족이 밤새 수난을 겪은 경험들이 더러 있었을 것이다.

그 무렵 미군들의 전시 식량이라고 했던 시레이션의 배급이 있었다. 통조림 식량인 것이다. 우리나라는 꿈도 못 꾸는 전천후 식량이었고 식품보관의 완결판이었다. 그 중에서 과일 통조림은 손이 가장 먼저 가는 품목이었다.

이후 우리나라도 통조림 전성 시기가 있었다. 각종 생선, 과일,

고기 등 레저 문화와 야외 활동이 활발해지면서 그야말로 통조림은 레저생활의 총아였다. 그 중에서 과일 통조림은 병원의 병문안 가는데 필수품목이 되었다. 복숭아 황도, 파인애플 깡통 통조림의 피막 무늬가 선명하다. 통조림은 지금도 건재하고 여전하나 사람들이 예전처럼 그렇게 선호하거나 맹신하는 편은 아니다. 이유가 있을 것이다.

과도한 금비 살포나 농약, 퇴비 성분이 적은 땅에서 수확한 곡류, 채소, 과일 등만 해도 맛이 없는데 아무리 완벽한 저장방법인 통조림이라 해도 우선 맛에서도 신선 자연식품만은 못할 것이다. 그것보다도 깡통이라고 하는, 요새는 캔이라고 하는 용기가 알루미늄 등 금속으로 되어 있어서 그 금속성분이 음식물에 녹아들어가는 것을 막기 위해서 음식물이 닿는 금속 부분에 아주 얇은 막을 입히는데 그 막의 성분이 문제라고 한다.

비스페놀 A라고 하는 성분인데 통조림으로 인한 환경호르몬의 주범으로 식품 보관방법의 만능인 통조림의 그늘에 있는 항상 경계하고 주의해야 하는 항목인 것이다.

특히 성장하는 아이들에게는 통조림 음식은 가까이 하지 않는 것이 좋을 것이다.

자연식품의 권장

흔히들 매식이나 하숙 밥은 살이 가지 않는다는 말이 있다. 아무리 잘 먹어도 어딘지 모르게 영양결핍이 있을 수 있다는 말로도 통한다. 집에서 어머니나 가족의 보살핌은 식단의 영양도 있겠지만 마음 편함도 있을 것이다. 집 떠나면 고생의 첫 번째가 먹는 것이다.

집 떠나서 기본생계에 허덕이는 경우가 있더라도 자연식품에 대한 배려심은 항상 있어야 할 것이다. 집에서는 자연식재료가 훨씬 싼데 집 떠나서는 인스턴트식품이 훨씬 저렴한 것에서 오는 경계심을 잃지 말아야 할 것이다.

한때 어린이날 등에 아이들 중심의 식당에서 줄을 서서 부모들이 자기 자식 못 먹일세라 경쟁하며 이용하던 음식 품목이 있었다. 지금도 있다. 그럴 때도 집에서 싸 간 한 줄의 김밥만도 못한 영양의 식단이라고 한다면 굳이 줄 서서까지 애쓸 필요가 없다. 지금도 그런 건강에 대한 인식이 부족한 부모들에게 자라는 아이들이 있다면 건강 면에서 앞날이 암담한 것이다.

국방의무의 터전인 군대에서 병에 걸려 나오는 젊은이들이 의외로 많은 듯하다. 부대 내 PX를 이용하는 병사들의 성향이 문제가 되는 것이다. 과자의 대부분이 기름으로 튀긴 것인데 병사들이 그 과자를 마음껏 먹는다는 것이다. 그 기름 성분의 유해성에 관한 인식의 부족에서 오는 결과일 것이다. 한창 나이 때이니만큼 웬만하면 잘 넘어가지만 그러나 지나침이 지속되다 보면 건강에 적신호가 오게 되는 것이다.

현대 식단에 육류가 필수가 되었다. 문제는 가공육인 햄, 소시지, 통조림 고기로 대신 한다는 것이다. 싱싱한 생육은 우리 몸이 알아서 조절하지만 가공육은 방부제, 인공 조미료, 환경호르몬 성분 등으로 입맛도 왜곡되고 영양도 왜곡되어 식습관의 편향성에서 생기는 문제점이 건강의 문제점으로 다가온다는 것이다.

영양의 왜곡 과잉

한때 녹용과 웅담에 대한 환상의 시대가 있었다. 산삼은 지금도 꿈의 식료이다. 세상에 없는 백사나 엉뚱한 오소리, 토룡탕까지 건강의 비방으로 등장했었다. 그러다가 세계화되니까 세상의 진미들이 다 등장한다. 제비집, 상어지느러미, 철갑상어 알, 푸아그라, 송로버섯 등 상상만 해도 즐겁고 그런 음식들에 대한 환상이 생기는 것은 사실이다.

분명히 밝히건대 우리들 일상의 된장찌개와 제철 음식의 빈약한 밥상이 훨씬 건강에 좋은 음식이라고 감히 주장하는 것이다. 세상의 진미나 환상의 명약들은 단 한 번의 복용은 너무나 좋다. 그러나 두 번이면 이미 과하다는 것이다. 그 이유는 이렇다.

조혈제니 원기 회복이니 하면서 건강 음식이나 건강보조식품들이 판을 치고 있다. 결국은 활성산소를 이용한 건강증진이라고 할 수 있다. 우리 몸의 인슐린 분비도 그렇고 생명의 주기인 세포분열의 주기를 촉진한다는 것이다. 모든 사람은 세포분열의 주기 개수가 일정하고 같다는 것이다. 인슐린 분비도 한계가 있다는 것이다. 우리 몸에 필요한 만큼의 에너지를 얻을 수 있는 만큼의 영양이나 음식이면 충분하다. 건강할 때 이유 없이 활성산소를 태우고 세포분열의 주기를 촉진할 필요가 없는 것이다.

우리 몸은 동면하는 동물들처럼 영양을 몸속에 저장하는 생명체가 아니다. 영양 저장 자체에 부담을 느껴 몸의 에너지를 쏟다 보면 그것이 바로 활성산소인 것이다. 영양의 효용성을 잘 발휘해야 한다는 것이다. 많은 일을 하고 많이 먹는 것은 당연한 것이다. 여기서 많은 일은 지극히 신체적 활동을 말하는 것이다. 많이 활동하고 많이 먹으면 원만하나 그것도 세포분열의 주기를 촉진함은 당연한 것이다.

공기 오염

현대는 축지법의 시대이다. 축지법은 5차원의 세계이다. 지금까지 인간의 한계는 3차원이었다. 0차원의 점에서 선, 평면, 3차원인 공간을 간신히 극복했었다. 그런데 어느새 4차원인 시간을 초월하고 5차원인 속도가 없는 시대가 되었다. 옛날 같으면 귀신이 나타났다고 야단칠 일들이 비일비재하다. 수년 전에 죽은 자들이 살아 있듯 영상으로 나타나고 연설을 하는가 하면 또 그것이 전 세계로 동시에 전송되고 지구촌 어느 곳에서나 동시에 볼 수 있다.

그러므로 우리들의 일상도 세상의 변화에 적응하고 있는 것이다. 서울에 살면서 지리산 밑에 텃밭을 가꾸고 물을 갖다 먹는 시대가 되었다. 그런데 여기에서 정말 이해할 수 없는 현상을 발견하게 된다. 지리산 근방에서 일주일만 살면 황금변이 된다. 똑같은 물과 똑같은 식재료를 이용한 음식으로 하루만 지나면 서울에서는 쑥색변이 된다. 즉각 변 색깔이 달라진다는 것을 발견하는 것이다. 얼핏 지나는 말로 그 연원이 불확실하지만 그 변 색깔 차이의 원인이 숨 쉬는 공기 때문이라는 말이 있었다. 과연 공기 오염의 차이 때문일까에 대한 의문은 축지법 시대로 만사가 형통되는 시대에 불가사의로 남아 있다.

약의 남용과 맹신

서울대 병원 로비에는 이 책의 제목과 같은 사팔뜨기들의 유혹이 거세다. 악마들이 구세주의 천사로 변신하여 엄청난 손짓으로 유혹한다.

우리나라 사람들의 꿈의 병원은 서울대 병원이다. 죽어도 서울대 병원의 결정이면 한이 없는 것이다. 다행히 차선의 서울대 병원인 재벌들의 민간 대형 병원이 생기는 바람에 약간의 바람은 잦아졌지만 아직도 서울대 병원만이 자기 입신에 걸맞다고 생각하는 사람들이 많다. 지금도 서울대 병원은 자기 신분의 바운더리나 바로미터로 여기는 사람들이 많다.

한때 사람들은 보약에 대한 환상이 있었다. 보약은 성한 사람들의 것이고 환자나 병자들은 양약에 대한 맹신도 절대적이었다. 약방에 가면 모든 병을 고칠 수 있는 약은 다 있고 병원에 가면 의사가 모든 병을 다 고칠 수 있다고 믿었던 때도 있었다. 그러다가 암을 비롯한 각종 성인병이나 희귀병 등 오래되거나 말기에 가까우면 고칠 수 없는 병도 많음을 알게 되었다. 그리고 약의 맹신으로 장기 복용하거나 약의 오남용이 오히려 건강을 해치는 작용을 한다는 것도 알게 되었다. 약이나 의술의 발전이 인류의 평균수명을 늘리고 인간사회의 복지증진에 얼마나 큰 공헌을 하였나 하는 것도 알게 되었다. 그러나 약은 어디까지나 약이고 병원은 어디까지나 병을 치료하는 곳이니만큼 좋은 약을 먹는다고, 또는 많이 먹는다고, 좋은 병원을 다닌다고, 좋은 의사를 만났다고 다행인 것은 사실이나 결코 자랑하거나 할 것은 절대 아닌 것이다. 밥이 보약이란 말이 있다. 일상의 생활을 건강에 맞추어 사려 깊은 섭생을 해야 할 것이다.

유리섬유(석면)의 비가 내리다

유리를 섬유로 만들어서 보온재로 썼다. 유리가루를 이용해서 지붕재로 했던 것이 슬레이트 지붕이었다. 슬레이트 지붕은 깨질 때 가루가 날리는 것이 문제가 됨으로 지붕 개량의 소산으로 전국적으로 분포된 슬레이트 지붕을 철거할 때 대단한 주의를 기울여서 시행하고 있다. 건축 쓰레기에 포함되지 않도록 정부에서 엄격히 관리하고 있다.

문제는 유리섬유이다. 옛날 건물의 건축재로 만능이었다. 단열재, 보온재, 방화재로 건물의 내부 표피를 감싸는 재료였다. 그리고 유리섬유의 공해성과 위험성을 등한시 했다.

오래된 건물로 일제시대부터 60년대 초까지 지어진 건물로 큰 건물인 학교나 극장, 공연장 등에서 눈에 보이지도 않는 유리섬유의 비가 서서히 내리는 것을 상상하면 정말 섬뜩하다. 다행히 스티로폼이 나오면서 유리섬유를 대신했다. 우리나라의 근대화, 산업화, 현대화 되면서 유리섬유는 사라지고 스티로폼이 단열재의 주류를 이루었다.

한때 사라진 진기명기의 화면에서 미국의 것이면 뭣도 좋다는 시절이 있었다. 미군부대에서 흘러나온 솜뭉치 같은 유리섬유를 변소 칸 휴지로 썼다가 엉덩이에 박힌 미세한 유리 바늘을 병원에 가서 뺐다는 화면이 있었다. 더 널리 퍼졌다면 더 많은 사람들이 피해를 입었을 것이다. 거의 모든 산물이 공업화되면서 농약이나 소독약처럼 대놓고 위험한 물건이나 물질도 많아졌지만 알고 보면 대단히 위험한 것들을 예사롭게 처리하거나 사용하다가 은연 중에 위험에 노출되거나 당하는 경우가 허다한 것이다.

수십 년 전에 서울 근처의 경기도 강북에 원진 레이온이라는 석면 공장이 있었다. 이 석면은 몸에 들어오면 빠져나가지를 않는단다. 주로 폐에 박히는데 잠복기간이 한 20년 되면서 폐종양으로 확실히 발병한다고 한다. 공해병의 제 일번지가 석면공장인 것이다.

일본에서 폐기된 공장의 기계를 들여와서 하다가 이번에는 중국의 무지한 사람들을 상대로 한 기업으로 만주로 갔다고 한다. 결국은 무서운 공해병을 국민에게 속이는 결과인 것이다. 석면은 자연의 돌로서도 존재한다고 한다. 원자 핵물질 오염 다음으로 무서운 환경오염이 석면의 먼지일 것이다.

Chapter
04

정신 건강 오디세이

정신 건강 오디세이

'건전한 신체에 건전한 정신' 이란 말이 있다. 일반적인 말이다. 그러나 그렇지 않은 경우가 너무나 많다. 특정 집단을 상정해 보면 신체가 건강할수록 정신이 엉망이고 악의 구렁텅이에서 헤매는 경우도 흔한 것이다. 그런 면에서 본다면 정신이 건전해야 건전한 신체가 필요한 것이다. 서두의 격언은 신체와 정신의 일체로 보지만 정신과 신체를 분리해서 봐야 할 경우가 너무나 흔한 것이다.

신체는 환경적 영향보다는 유전적 영향을 많이 받지만 정신은 순전히 환경적 영향의 소산이다. 특히 어릴 때나 청소년기의 영향으로 일생을 살아가는 것이 정신건강이다.

정신건강도 신체단련 못지않게 단련이 필요하다. 물론 대부분의 신체적 운동이 기술적인 부분을 제외하면 정신건강의 단련이라고 할 수 있을 것이다. 그리고 실제로 정신면을 많이 강조한다. 신체적 운동기술보다는 올바른 사람이 먼저 되라는 것을 강조하고 그 실천 방법으로 사제 간의 도리, 선후배간의 위계질서, 뒷마무리와 정리, 마음의 준비자세 등을 챙기는 것도 정신건강의 단련에 속할 것이다.

단전호흡

정신건강의 가장 첫 번째는 마음을 다스리는 일일 것이다. 마음을 다스리는 방법의 하나로 단전호흡이 있다. 사람의 마음을 호흡으로 다스린다는 것이 참 신기한 일이기도 하지만 사람은 쉼 없이 호흡을 해야 함으로 숨 쉬는 것으로 마음을 다스릴 수 있다는 것이다.

단전호흡은 아랫배 숨을 쉬는 것이다. 단전이란 배꼽 아래 부분을 말하는데 단전까지의 호흡을 하려면 숨을 크게 쉬어야 한다. 숨을 크게 쉬기 위해서는 많이 들이마시고 천천히 내뱉어야 한다. 이때 들숨은 코로 들이마시고 날숨은 코나 입으로 어느 경우든 상관없다.

들숨은 빨리 해도 되나 날숨은 가능한 한 천천히 내는 것이 정상이다. 우리 주변에서는 해녀들이 물질할 때의 호흡법도 일종의 단전호흡에 속한다고 할 수 있을 것이다.

바른 자세

바른 자세도 건전한 정신건강을 유지하는 한 방법이다. 물론 바른 신체에 바른 정신 건강을 의미하는 것이기도 하다. 우리들은 오랫동안 "똑바로 앉아"라는 말은 많이 들어왔고 또 자세를 바로 고쳐 앉기도 했다. 그러나 이때의 말은 단체생활에서 질서를 유지하기 위한 한 방편으로 한 것이었지 개인의 건강을 염두에 두고 한 것은 아니었다.

여기서는 특히 혼자 있을 때의 바른 자세를 더 강조함이다. 자기 편한 자세라고 해서 너무 편한 것에만 치중하다 보면 잘못하다간 자세가 굴곡 되고 그것이 지속되다 보면 신체의 균형에서 오는 혈액순환에 문제가 생기고 혈액순환은 바로 심신의 건강과 직결된다.

의자에 앉았을 때나 소파에 앉았을 때에 척추를 똑바로 세우는 것이라든지 걸어 다닐 때의 보행자세도 항상 바른 척추에 염두를 두고 명심함을 잃지 말아야 할 것이다.

전근대에서 현대화의 과정에서 사람들은 항상 주눅이 들고 어깨를 움츠리고 가슴을 활짝 펴지 못하게 하는 사회 환경이나 직장 환경 때문에 바른 자세에 익숙하지 못하고 사회생활이란 미명하에 가슴을 움츠리는 사람들이 많았다. 바른 자세는 국민건강의 첫 출발점이며 그로 인한 민족 웅지의 첫걸음이기도 한 것이다.

명상의 시간

정신건강을 도야하는 방법의 으뜸이 명상이라 할 수 있을 것이다. 인간은 원천적으로 불안한 존재다. 불안한 마음을 다스리기 위해서 절대자에게 마음을 의탁한다. 그것이 종교다.

종교의 믿음도 명상의 방법으로 단련한다. 기도하거나 불공을 드리거나 정화수를 떠다놓고 비는 것도 명상의 일종이다. 샤머니즘, 토테미즘, 애니미즘 등도 명상의 방법으로 시작하여 근본으로 접근한다. 어떤 종교에서는 십자가나 부처 등도 우상 숭배라 하여 어떤 상징적인 형상이나 표지물도 없이 순 기도와 교리만으로 종교의 본질을 강구한다. 대부분 종교에서는 우상을 통하여 명상의 본질을 추구하는데 우상을 숭배하지 않는 종교에서는 우상이 진정한 명상을 방해한다고 보는 입장인 것이다.

진정한 명상은 무념무상이다. 사람은 끊임없이 사고하고 기억하고 사상을 뇌에 축적한다.

정신건강의 진원이며 중심은 두뇌이다. 뇌도 휴식이 필요한 것이다. 뇌의 휴식을 위해서 명상을 하는 것이다. 종교도 정신건강을 위한 것이라면 명상을 해야 하고 그렇다면 진정한 명상을 하기 위해서는 종교의 교리나 우상이 기억이나 두뇌 안으로 들어와서는 안 될 것이다. 진실한 종교를 믿는 사람은 종교의 기도 시간에 무념무상 해야 마땅한 것이다.

학교나 단체 훈련기관에서 애국심 등 정신교육이 필요할 때 명상을 통하여 자각심을 고취한다. 민족의 영웅이나 선열들의 업적을 기리면서 그들에게 외경심과 동일시를 통하여 스스로 정신이 빠져들도록 한다. 이때도 진정한 명상은 무상무념 해야 한다. 잘못하다간 왜곡된 사상이나 인식이 주입되어 건전한 정신을 가질 수 없게 되는 것이다.

대표적인 예가 길거리에서 "예수를 믿어라" 하면서 외치는 사람들이다. 종교를 떠나서도 얼마나 많은 사람들이 잘못된 사상이나 인식으로 바른 정서를 갖지 못하는 경우가 많은지 모르는 것이다.

꿈의 해석

미래를 상상하고 소망하는 꿈이 아니다. 생리적 현상에서 오는 잠잘 때 꿈을 말한다.

사람은 매일 잠을 자야하고 잠을 자면서 꿈을 꾸기도 하는 것이다. 몸이 매우 피곤하거나 마음이 편할 때 등 건강할 때는 꿈을 잘 꾸지 않는다. 물론 꿈을 꾸겠지만 자고 났을 때 기억이 없는 것이다. 꿈의 기억이 없는 것이 정상이다.

꿈이야말로 정신건강과 밀접한 관계가 있다고 본다. 자고 났을 때 꿈으로 인하여 기분이 개운하지 않고 뭔지 모르게 뒤숭숭하다면 아무래도 정신이 혼미해지고 정신이 말쑥하지 못한 상태가 된다. 문제는 꿈의 기억이다. 잠에서 깼을 때 꾼 꿈의 기억이 생생하다면 이것이 정신건강에 문제가 된다는 것을 아는 사람은 별로 없다. 생생한 꿈을 자랑도 하고 이야기도 하고 팔기도 하고 기록도 한다. 예술가들은 꾼 꿈의 내용으로 영감도 얻고 음악도 만들고 그림으로 재현하기도 한다. 아주 위험한 발상이다. 꿈은 꿈으로 끝나야 하고 건강한 사람은 아무리 선명한 꿈도 금방 잊게 된다. 꿈의 잔상이 생시에 남아 있게 되면 그만큼 신체적 건강에도 적신호가 왔음을 의미하는 것이다.

태몽도 있고 용꿈도 있고 미래를 예측, 예언하는 꿈도 있고 좋은 꿈, 나쁜 꿈, 무슨 꿈은 어떻고 하는 꿈의 해석도 있다. 모두가 부질없는 짓이다. 절대 흔들리거나 현혹되어서는 안 될 것이다. 차라리 맨 정신일 때 상상하고 결심하고 확신하고 느끼고 깨닫고 하는 것이 진정한 꿈이고 건강한 정신인 것이다.

무념무상의 세계

집념과 정신집중은 다른 것이다. 집념은 집착에 가깝고 정신집중은 정신통일과 거의 일치하는 말이다. 어떤 일을 성공하기 위해서 연속 애를 쓴다면 집념이 되고 어떤 일의 순간에 몰두하게 되면 집중인 것이다. 낚시를 할 때 고기를 잡기 위해서 찌를 바라본다면 집념이나 집착이 되고 찌의 단순한 움직임만 본다면 집중이 되는 것이다.

정신건강에 도움이 되는 것은 정신집중이다. 정신통일, 정신집중은 어떤 일을 할 때에 그 일 외에는 다른 생각을 하지 않는 것이다. 그것이 무념무상의 세계인 것이다.

완전 무념무상의 시간은 잠자는 시간이다. 여름날의 오수라든지 어느 나라의 시아스타도 같은 맥락이다. 하루 일과 중 멍 때리기 시간이 필요하다고 하는 연유도 여기에 있는 것이다. 하루 중 머리 휴식이 필요한 때도 있어야 하기 때문이다.

그러니까 우리들이 산책을 한다든지 조깅을 한다든지 등산을 할 때 또는 헬스장에서 여러 기구를 다루면서 운동을 할 때도 마음속에 있는 어떤 다른 근심걱정도 해서는 안 되는 것이다. 완전 무념무상이 될 때 무서움이나 두려움이 없어지게 되고 마음의 평화도 얻는다.

스님들이 깊은 산속 절까지 가는 밤길을 무서워하지 않는 것도 무념무상의 정신수양이 되어 있다는 의미이고 아이들의 담력을 키우기 위해서 공동묘지 경험을 시키는 것도 다 정신 집중과 정신 통일, 무념무상의 정신세계를 만들기 위함인 것이다.

자존감 쌓기

인간의 감정은 이 세상 사람의 숫자만큼 무궁무진하다. 그래서 하나의 인간을 소우주라 한다. 감정의 숫자도 많은데 이 감정들이 서로 관계를 맺고 얽히다 보면 도저히 일반 원칙이 나올 수가 없다. 그런데도 이 세상은 가능하면 어떤 원칙을 만들어서 그 원칙의 틀 안에 한 개인의 감정을 가두려고 한다.

가두지 않아도 저절로 가두어지는 원칙으로 인간사회는 유지되고 개인들은 살아간다. 그것이 인간의 본능이다. 가두어지지 않는 원칙은 대충 얼개를 만들어서 가두려고 애를 쓴다. 그것이 사회적 규범이다. 우리들은 사회적 규범이나 개인들과의 관계 속에서 정신적 고통을 겪어왔다. 백이면 백 사람 모두 다 다른 감정을 상대하고 느끼다 보면 지치기 마련이고 가다가 자기 위치나 설 자리를 잃어버리고 어디가 어디이고 무엇이 무엇인지 모르는 혼란에 빠진다. 그야말로 소우주의 혼란이다. 구약 성경의 첫 구절이 이 세상천지의 대혼란부터 시작한다. 그 연원이 대충 짐작이 간다.

아무리 흔들리고 대 혼란이 와도 우리가 꽉 붙잡지 않으면 안 되는 감정이 있다. 그것이 자존감이다. 이 자존감으로 대 혼란 속에서 버틴 사람들은 모두 다 성공했다. 대부분의 사람들은 자존감을 잃고 살거나 자존감의 대가 약하다. 그래서 쉽게 흔들린다.

자존감을 자부심이나 자신감 또는 자만과 혼동해서는 안 된다. 이기심이나 자주성, 주체성이나 주인의식과도 또한 사뭇 다르다. 사회적 동물인 인간이 사회생활을 하다 보면 배려니 양보, 봉사, 감사 등 이웃이나 남만 염두에 두다가는 어림도 없다. 가다가 이기심이나 자부심, 자만 등으로 자기를 챙겨야 할 때도 있는 것이다.

자존감은 자기 존재에 대한 확신이다. 누가 뭐라 해도 흔들리지 않는 자기 확신이다.

자긍심이 자존감에 가장 가까운 표현 같다. 자존감이 튼튼하고 확실할 때 용기도 생기고 양보도 하게 되고 용서도 하게 되고 두려움이나 무서움도 없어진다. 자신감으로 가득차고 무엇이든지 긍정적이 된다. 자존감이 있으면 미안함은 있어도 부끄러움이나 두려움은 없어진다. 꾸지람을 듣거나 비교 대상이 되어도 열등의식을 갖거나 슬프거나 외롭지 않다.

자존감은 한 개인이 소우주로서 어떤 것과도 비교 대상이 아니며 자기만의 삶과 존재에 대한 확신을 갖는 것이기 때문에 수많은 관계와 상황의 경우에도 흔들리지 않고 마음의 평화를 얻을 수 있는 것이다. 평화와 화해와 용서의 마음도 자존감에서 비롯된다.

마음 비우기

요가 수련하는 사람들의 첫 번째 덕목이 마음 비우기이다. 어쩌면 무념무상과 거의 같은 경지일 것이다. 어떤 욕심과 근심걱정을 버려야 요가의 바른 자세에 도달할 수 있고 그래야만 진정한 요가를 수련할 수 있다는 것이다.

불교의 8정도도 여덟 가지 욕망을 버리라는 덕목이지만 결국은 마음 비우기에 도달함으로써 완성되는 과업일 것이다. 요가도 불교도 인도 쪽에서 왔고 그 사람들은 심신의 일체성에서 마음의 단련에 더 무게를 둔 것 같다. 불교에서는 백팔 배를 도량의 수단으로 적극 권장한다. 사람의 몸에는 백여덟 개의 관절이 있고 그 관절마다에는 수많은 각각의 근심걱정이 쌓여 있다고 한다. 백팔 배의 직접적인 육체의 수련을 통해서 관절은 소통되고 동시에 마음은 안정되어 마음의 평화를 얻을 수 있다는 것이다.

마음 비우기는 일상에서 쉬운 일은 아니다. 그러나 어떤 일을 하던 근본적으로 마음을 비우지 않으면 되는 일이 없다고 보면 될 것이다. 비워야 채워지니까.

버리고 포기하라

매스미디어의 발달로 현대인들은 너무나도 오감의 자극이 심하다. 오감으로 자극되는 감각들은 심신의 스트레스가 되어 쌓인다. 특히 정신적 스트레스는 노이로제 등 현대 도시인들의 문화병의 원인이 된다. 정신적 감각 기능도 육체적 근육 못지않게 지치고 피로해지면 그 기능을 제대로 발휘하지 못한다. 감각의 자극은 긴장을 가져오고 긴장은 이완을 수반해야 하는 것이다. 이완이 원만하지 않을 때 각종 정신적 질환을 유발한다.

'이기려면 버려라' 하는 일본인 미끼도 꾸지까의 처세학이 70년대 있었다. 개발의 첫 출발시대에 경쟁에서 이기려면 있는 대로의 물량과 모든 정신을 다 쏟아도 모자라는 판국에 버리라고 하는 처세술은 말이 되는 것이 아니었다. 젊은 날 방향도 제대로 잡지 못하고 세상의 분위기에 편승되어 닥치는 대로 경쟁하고 이겨야만 직성이 풀리는 시절이 있었다.

세월이 지나고 보니까 너무 붙잡고 살았다. 진작 버려야 할 잡동사니들을 명가의 보도처럼 움켜쥐고 놓을 줄을 몰랐다. 상식, 체면, 지위, 과거, 욕심, 관능, 애증, 심지어 자기 자신과 생명까지도 버리란다. 실제로 현 시대에 움켜쥐고 있다가 망신당하는 사람과 생명을 버림으로서 다시 살아나 신이 되는 사람을 목도하고 있는 것이다.

우리들의 평균인이 그런 위인들을 따를 수는 없지만 그러나 무엇을 버리고 살았어야 했는지 보이는 것만은 확실하다. 이제는 살기 위해서 버리라고 하지 않아도 버려야만 하는 나이가 되었다. 살기 위해서 버리는 욕심하나는 꿋꿋이 지키는 보통인인 것이다.

인간사회는 동서고금을 통하여 어차피 경쟁할 수밖에 없다. 경쟁을 통하여 발전하고 보다 나은 미래로 나아가는 것이다. 역사나 국가체제 유지를 위해서 그렇다는 것이다. 그러나 개인으로 볼 때는 짧은 인생에 그렇게 기회가 많지 않다는 것이다. 그렇다면 선택과 집중할 수밖에 없는 것이다. 선택과 집중을 할 때 모든 것을 꽉 쥐고 한다면 너무나도 큰 연결고리가 큰 부담으로 다가설 것이다. 모든 것을 버리고 포기한다면 선택과 집중은 한결 간명해지고 홀가분해질 것이다. 아무 부담이 없어야 하는 것이다.

이기려면 버려라 하는 것은 인생의 진정한 지름길을 찾아가라는 의미이다. 휘황찬란한 세상의 덫에 걸리지 말고 진실한 삶의 자아를 찾아간다면 성공한 삶이 된다는 것이다.

물의 건강 오디세이

물은 생명의 원천

지구 표면의 삼분의 이 이상이 물인 것과 인체의 70% 이상이 물인 것과는 상관관계가 있는지는 몰라도 우리 몸의 대부분은 물을 주성분으로 하고 있다.

몸체는 생명을 유지하기 위하여 피가 흐르고 있지만 피의 80%도 물이고 물은 흐르는 것을 넘어 몸체를 흠뻑 적시고 있다. 피는 핏줄이라는 일정한 길을 따라 모이고 갈라지고 하면서 흐르고 돌지만 물은 입체적으로 흐르기도 한다. 일정한 길을 따라 흐르는 물도 있지만 땀구멍이 있어 몸체 전체를 동시에 관통하기도 한다.

피는 몸의 어느 기관에서 생산되어 인체를 한 바퀴 돌아서는 다시 재생산되지만 물은 완전 소모적이고 생산 불가하여 수시로 소비되고 수시로 공급해 주어야 한다.

인체의 대부분이 물이라는 말은 세포 자체가 물 덩어리란 말이고 마치 물을 흠뻑 머금은 스펀지 같아서 신체의 각 기관들이 일을 하면서 생기는 열을 식혀주는 역할도 한다.

이렇듯 우리 몸은 물이 매우 중요한데 환경오염이 없었던 옛날에는 아무 문제가 없었던 현상이 심각한 사회문제로 등장하고 국민의 건강을 위협하게 되었다.

금수강산 맑은 물

금수강산 맑은 물은 우리 민족과 우리나라의 상징이었다. 맑은 강물과 깨끗한 샘물의 시원한 맛, 금수강산 어디를 가도 물 걱정하고 살던 민족이 아니었지만 지금은 지하수도 오염된 곳이 있다 하고 강물은 심하게 오염된 지 이미 오래 되었다.

지하수의 오염은 폐기된 수많은 지하수 공구를 통하여 오염된 지상의 물이 바로 지하로 유입되는 경우라고 하는데 사람들은 폐기 공구를 잘 막고 처리를 잘 해야 하는데 그러한 것에 대한 인식이 부족한 것으로 되어 있다.

금수강산 하면 명경수가 연상된다. 맑은 물에 비친 산 그림자 물결에 일렁이고 징검다리 건너는 개여울에 송사리 떼 노닐고 논 귀에 흐르는 도랑에도 수많은 생물들의 터전이었다.

근대화, 현대화 과정에서 가장 많은 시련과 변화와 고난을 겪은 것이 우리 주변의 흐르는 물이었다. 낮은 곳으로 임하는 물이 그래도 자연인데 인간사 정도야 능히 품을 줄 알았는데 세상은 완전히 역전되었다. 미미한 인간사가 산업화란 이름으로 거대한 자연을 좌지우지하는 시대가 되었다. 금수강산 산천경개가 명경수는 어디가고 푸른 녹조류로 흐르는 물길마저 끊어졌다. 그래도 저 물을 먹어야 하는 지경에 이르렀다.

상수원의 오염

왕년의 사람들은 대체로 도시의 수돗물을 선호했다. 시골의 우물물보다는 수돗물이 대체로 연수였기 때문에 비누도 잘 풀려서 세수도 잘 되고 피부미용에도 좋다는 인식이었다.

수돗물로 인하여 도시 사람들은 시골 사람들보다 피부가 희다고 믿었고 물이 좋아서 그렇다고 생각하기도 했다. 이런 생각들도 강물이 깨끗할 때의 경우들이다.

우리나라 대도시의 식수원이 되고 있는 4대강의 오염도는 심각함이 도를 넘었다. 그렇다고 식수원으로 하지 않을 수 없는 입장이고 보면 아무리 오염이 심해도 여하히 깨끗이 정수하여 식수로 사용하지 않을 수 없다.

수돗물이 식수로서 아무 문제가 없다고는 하나 그 물이 우리 몸의 구석구석을 스며들어 몸체를 이룬다고 볼 때 단순히 살균하여 무균 상태이고 맑은 물이기만 하면 될 것인가를 곰곰 따져 볼 일이 아닐까? 현대인들이 불치병이나 희귀병에 걸리는 것에 이 수돗물의 책임도 어느 정도 있지는 않을까 싶기도 한 것이다.

가정에서 수돗물을 수단껏 정화해서 먹는 시대가 되었다.

먹는 물의 조건

　맑고 깨끗한 물의 으뜸은 증류수다. 증류수는 물을 끓여 생기는 수증기를 식힌 물이다.

　증류수는 너무나 순수한 물이다. 증류수는 식수가 될 수 없다. 왕년에는 증류수를 배터리 충전용 보충수로 썼다. 완전 순수한 물은 전해질이 아니라고 한다. 증류수라는 특수한 경우를 제외하고 자연계에 있는 모든 물은 다 전기가 잘 통하는 전해질이다.

　순수물이 아니라면 불순물이고 불순물이라야 식수가 된다는 것이다. 맑고 깨끗하고 순수한 물에 극미량의 불순물이 가미될 때에 물맛이 난다는 것이다. 극미량의 불순물들을 미네랄이라고 하는데 미네랄이 풍부해야 좋은 식용수라는 것이다.

　매일 스콜이 내리는 열대지방이나 섬 지역에서는 빗물을 식수로 쓰는 경우가 있다.

　빗물 자체는 식용수로 부적합하다. 공기 중의 온갖 먼지나 세균을 머금고 떨어지기 때문에 빗물을 모으면 금방 검붉은 색소물이 된다. 숨 쉬는 도기 그릇에 5개월은 정화시켜야 한다. 우리들 전통 물동이와 부엌의 물 항아리는 도기 질그릇이었다. 지금의 수돗물도 질그릇 물동이에 받아두었다가 먹는다면 더욱 좋은 음용수가 될 것이다.

여름철에 아무리 목이 말라도 강물이나 개울물을 함부로 마셔서는 안 된다. 열대지방에서도 마찬가지다. 물에 온갖 미생물들이 번식하기 때문에 금방 배탈이 난다. 그럴 때엔 강가나 물가의 모래사장이나 자갈, 뫼 등이 있는 부분의 가운데를 파면 물이 고인다. 그 고인 흙탕물이 가라앉아 맑아지면 그 물은 마셔도 된다. 모래, 자갈이 거름망 역할을 하는 셈이 된다. 자연에서의 물은 맑다고 함부로 마셔서는 안 되는 물이 허다한 것이다.

차 문화의 발달

우리나라 금수강산의 지하수는 웬만하면 식수로서 무난하다. 그러나 유럽은 그렇지 않다고 한다. 유럽의 지하수는 조리용으로는 무난하지만 음료수로서는 부적합하다고 한다.

물에 석회석 성분이 많아서 그냥 계속 마시면 몸에 석회석 성분이 쌓이는 결석이 잘 생긴다고 한다. 결석은 석회석 성분이 모여서 된 돌이다. 우리 몸에 결석이 생기는 부분이 신장과 쓸개 두 군데다. 결석도 병인데 물로서 생기는 병이라고 보는 것이다. 그래서 그 문제를 해결하는 방법이 물에 차를 넣어 끓여 마시는 것이다. 서양의 차 문화 발달의 숨은 원인인 것이다. 실크로드의 가장 중요하고 주요한 품목이 인도, 중국의 차였다. 홍차, 녹차 등이었다. 커피와 설탕은 신대륙 발견 이후에 생긴 기호 식품이다.

우리나라 전통의 숭늉도 일종의 음료수다. 각 지역 지방마다 성질과 성분이 다른 지하수인 우물, 샘물의 결점을 보라나 쌀의 누룽지가 덮어주고 보완해 주는 역할을 하는 것이다.

주로 석회석 성분이겠으나 알 수 없는 물속의 성분인 해금을 묻혀 몸 밖으로 배출시키는 역할을 하는 것이 숭늉인 것이다.

물도 모양이 있다

물은 좋은 물과 나쁜 물이 있으며 생명의 원천인 물이 우리 몸을 지탱하듯 우리들의 의식이 물을 다스릴 수 있다고 일본의 에모토 마사루는 그의 저서 『물은 답을 알고 있다』에서 주장하고 있다. 그는 물의 결정체를 사진을 찍어 전 세계 물의 특성을 비교하고 있다.

하늘에서 내리는 눈의 모양이 다르듯 물의 결정체도 지역에 따라 다르고 환경에 따라 다르고 또 수시로 결정체의 모양이 바뀐다는 것이다.

물의 결정체에 매료되어 사진을 관찰하다가 발견된 사실로 좋은 물은 결정체가 뚜렷하고 아름다우며 좋지 않은 물은 결정체가 희미하고 모양이 볼 품 없고 아름답지 않다는 것이다.

심지어 일본 동경시의 수돗물에서는 염소 소독으로 인하여 물의 결정체가 아예 형성되지 않았다는 것이다. 이미 물의 자연성이 파괴되었다는 것이었다.

물과 인간 의식과의 교감

에모토 마사루의 주장에서 또 하나의 특징은 물을 다루는 사람들의 심성이 물의 결정체에 영향을 미친다는 사실이었다. 사랑과 감사의 메시지가 전달된 물은 사람을 반겨 맞는 밝은 얼굴이듯 결정체가 밝고 뚜렷하고 예쁘게 형성된다는 것이고 이별의 곡을 들려주면 결정체가 둘로 갈라졌다는 것이다. 그리고 안 좋은 일이 예정되어 있을 때는 물이 이미 알고 있다는 듯이 결정체의 모양도 암시하듯 어떤 모양으로 형성되거나 애매모호하게 된다는 것이다.

우리가 왜 긍정적인 말과 바른 생각을 하고 살아야 하는지와 옛 할머니들의 정화수 한 그릇이 왜 그렇게 위력이 대단했는지를 알 수 있게 하는 주장이었다.

물의 파동성은 공명으로 교류한다

만물은 다 우주 에너지로서 파동성을 지녔고 각자의 고유파동은 서로 부딪혀 갈등하기도 하고 같은 류의 일치된 주파수로 서로 공명을 일으키기도 한다는 것이다.

우리가 환경에 적응하고 인간관계에 조화를 이룬다는 것은 자기의 싸이클 파동을 조율해서 적응한다는 것일 것이다. 대인일수록 주위의 주파수를 자기 쪽으로 끌어들여 맞추게 할 것이고 우리 보통 사람들은 그저 주위 환경에 맞추느라 날 새는 줄 모른다는 것이다.

여하튼 공명을 일으킬 때 우주는 영속되고 만물은 질서를 갖고 영위되고 있는 것이다.

사람은 누구나 파동성의 우주 에너지를 지녔기 때문에 각자의 고유파동은 기가 살아 있는 물이라야 공명을 하고 흡수를 한다는 것이다.

정화수의 비밀

    정화수 하면 퐁퐁 솟아나는 샘물이나 깊은 산속 옹달샘이 제격이다.

    깨끗이 손질해 둔 샘물은 밤을 새우면서 별빛을 타고 온 우주 에너지가 녹아 지력의 정기와 융해되어 위대한 힘을 발휘하는 정화수가 된다는 것이다. 정갈한 마음과 정성을 담은 할머니의 섬섬옥수로 이 물을 새벽에 길러 와야 한다는 것이다.

    에모토 마사루의 물의 결정체와 파동성의 공명은 비과학이라 여기고 우리의 전통풍습이었던 정화수의 에너지 비밀을 시원하게 밝혀내고 있다. 물이 주성분인 인체의 마음과 우주 에너지를 담은 정화수는 파동성의 공명을 통하여 서로 교감하고 공감하고 교류하면서 불가사의한 어떤 힘으로 서로 소통하고 일치시키는 것이다. 인간의 정성과 성심이 정화수에 전달되고 그것은 곧 파동성의 공명으로 사람에게 가역 반사된다는 것이다. 정성과 진인사로 대천명하면 '물은 대답한다' 라고 보면 될 것 같다.

육각수의 함정

상수원의 오염으로 수돗물을 불신하게 되고 그 틈을 타서 정수기의 보급이 거의 생필품이 되고 그 사용이 일상화 되었다. 정수기를 따라서 종전에는 전연 듣지도 못했던 육각수라는 말이 일반화 되었고 정수기가 육각수를 만들어 준다는 것이었다.

육각수란 무엇인가?

인체의 정상 세포 안팎에는 바람직한 물의 구조가 있는데 그 구조가 바로 육각형 고리모양의 분자를 많이 갖고 있는 이른바 육각수라고 하는 것이다. 육각수라야 인체에 잘 흡수되어 세포의 기능을 정상화시켜 바람직한 방향으로 작용한다는 것이다.

일반적으로 존재하는 보통의 물은 오각수 형태로 형성되어 있다고 보는 것이다.

인체의 체액은 육각수 형태의 고리구조를 가진 것으로 알려지고 있어 오각수보다는 육각수를 더욱 더 필요로 한다고 할 것이나 육각수는 이론적으로 규명되고 있을 따름이고 자연 상태 그대로 놓아두면 끊임없이 만들어지고 부서지는 이합집산을 되풀이하고 있을 뿐이라는 것이다.

어느 순간에 만들어진 육각수는 육각형 모양 그대로 고정되는 일이 없는 상태이고 수명이 매우 짧다는 것이다.

눈이나 얼음의 고체상태의 결정 구조는 육각형 형태이나 몸에 흡수되는 액체상태의 육각수와는 근본적으로 다르다는 것이다.

· 육각수로 변화 유지시키는 방법

첫째 : 물의 온도를 최대한 낮추는 것이다.

그리하여 차가운 냉각수를 마시는 것이다.

끓인 물이라도 냉각시켜 차게 해서 마신다.

둘째 : 이온화를 촉진시키는 원소를 투여하는 방법이다.

육각수로 잘 변화시키는 이온의 원소 : 게르마늄, 칼슘, 마그네슘, 나트륨 등의 미네랄 성분.

육각형 구조를 파괴하는 이온 : 칼륨, 염소, 요오드 등 주로 수돗물의 소독약품.

셋째 : 물의 표면장력을 크게 하는 자수화의 방법이다.

정수기 업자들이 강조하는 방법이다.

· 육각수가 유익함을 나타내는 실증적 증거

눈 녹은 물속에 육각수가 가장 많은데 이것을 흡수하는 식물 플랑크톤의 증식이 놀라울 정도라고 한다. 남빙양의 크릴새우나 북극해의 물고기들은 식물 플랑크톤을 먹기 위해서 모여들고 그 물고기를 먹기 위해서 고래나 물개 등이 모여 든다.

물의 존재에 대한 의식

물이 얼음, 눈, 수증기, 비 등으로 바뀌는 것을 외형적 변화라 한다면 물의 결정체, 파동성의 공명, 정화수, 육각수 등의 변화는 물의 엄밀한 내면적 변신이라 할 수 있을 것이다.

물을 강이나 바다 등의 자연성에서 찾는 신적 존재의 외경감이아니라 생명체의 근원적 모체나 생명체 본체로서의 외경감을 인식한다면 아무리 하찮은 물 한 방울이라도 숙연해지지 않을 수 없고 물의 존재 자체가 인간의 존재, 자신의 존재라는 의식을 가질수 있는 경지에 이른다면 한 컵의 물도 더욱 소중하고 귀한 것이아닐 수 없다고 인식하게 될 것이다.

약이 되는 물

우리 몸뿐만 아니라 생명체의 대부분이 물로 이루어진 세포 덩어리이다. 세포라는 구조체가 생명력을 유지하기 위해서는 매일 2L 가량의 물을 소비하고 또 공급해 주어야 한다.

인간은 체내의 물이 5%만 부족해도 우리 몸은 탈수사태에 빠지고 12% 이상이 모자라면 생명을 잃게 된다고 한다. 이처럼 물이란 생명을 유지하는데 절대 필요불가결의 요소지만 흔하다는 이유로 홀대받기도 하고 어떤 물이든 물이면 그만이라는 인식도 갖고 있다.

한의학에도 물을 마시는 것을 통해 질병을 고칠 수 있다는 내용이 많다고 한다.

정화수

가장 좋은 물로 정화수란 것이 있다. 정화수는 하늘의 참되고 정미로운 기운이 수면에 가득 맺힌 것으로 이른 새벽에 처음으로 길어온 물을 말한다.

하늘의 참되고 정미로운 기운이란 우주적 에너지로 지기, 천기가 수면에 녹아 있는 것으로 흐린 날 보다는 맑은 날에 적당한 기온과 수온이 유지되고 큰 우물보다는 작은 옹달샘에서 그리고 정결과 정성과 기도가 담긴 물이라는 것이다.

이른 새벽에 밤새 모이고 정화된 기가 흐트러지지 않게 정성을 담아야 할 것이다.

정화수의 효과

크게 놀란 뒤에 나타나는 여러 가지 출혈증상 치료에 아주 좋다.

입에서 냄새나는 것을 없애준다.

얼굴빛을 좋아지게 하며 눈에 생긴 군살을 없앤다.

술 마신 뒤에 생긴 설사를 멎게 하고 머리를 맑게 해 준다.

약을 달일 때 정화수를 쓰면 그 효과가 뛰어나다고 한다.

정화수와 토속신앙

정화수는 우리 민족의 토속신앙과 연계되어 재앙신의 매개자로서 무속세계에서는 아직도 대단히 애용되고 있는 것이다. 그 예로 도시 근처의 이름 없는 약수터나 동네 근방의 옹달샘에 가 보라. 언제 누가 다녀갔는지 촛불 켠 자국이나 근방의 바위 밑에 흔적을 여실히 보게 될 것이다. 개중에는 대단히 위력을 지닌 옹달샘이나 정화수도 있을 것이다.

아무리 말려도 사라지지 않는 샤머니즘의 흔적도 알만하다 하겠다. 정화수의 효험을 엉뚱하게 무속신앙의 효험으로 오해하고 있는 것은 아닌 지 한 번쯤 따져볼 대목인 것이다.

국화수

샘 근처에 들국화가 만발하여 물맛에 국화 향기가 배어나오는 것을 말한다. 그 효능으로는 중풍을 예방하고 어지럼증을 다스리며 쇠한 기운을 보충해주고 안색을 좋게 하며 오래 먹으면 장수하고 늙지 않는다고 기록되어 있다고 한다.

실생활에서는 국화차가 상품화 되어 있어 언제든지 그 효과를 어느 정도 볼 수 있다.

한천수

한천수라는 것이 있다. 이는 맑고 찬 샘물로 대소변을 원활하게 소통시키고 소갈, 이질, 임질 등을 치료하는 효과가 있다고 한다.

좋은 약수터에서 불 수 있는 시원하고 깨끗한 약수가 이에 해당된다고 하는데 그보다는 아침 공복에 시원한 냉수가 몸에 좋다는 속설이 있다.

추로수

가을철 아침 찬 이슬을 해가 뜨기 전에 받은 추로수가 있다.

소갈증을 낫게 하고 몸을 가벼워지게 하며 피부를 윤택하게 만든다.

겨울철에 내린 서리를 받아서 약으로 쓰는데 이를 동상이라 한다.

평소에 술을 많이 마셔서 생긴 열을 푸는데 아주 좋다고 한다.

지장수

붉은 황토를 물에 섞어 만든 황토수를 가라앉힌 지장수라는 것이 있다.

아주 깨끗한 양질의 황토에 물을 붓고 골고루 저은 후 3일 정도 두면 황토는 모두 가라앉고 물이 맑아지는데 이는 강력한 해독작용 등 약성이 있는 지장수가 된다는 것이다.

황토의 성질

황토가 가라앉아 된 지장수는 아주 맑아 보이지만 사실은 극히 미세한 황토가 물에 분산되어 있는 현탁액이다. 따라서 황토의 성질이 바로 지장수의 효능이라 할 수 있을 것이다.

이온교환의 성질

황토속의 다양한 미네랄이 현탁액에 녹아 이온교환의 성분비가 고르게 분포된다.

흡착성

지장수를 마시면 몸속 독성물질을 흡착, 제거하여 해독작용을 한다.

현탁액의 미세한 점토 광물질이 피부에 있는 노폐물을 흡수해 피부가 탄력을 갖게 된다.

원적외선 방출

황토는 인체에 흡수력이 우수한 원적외선을 방사하는 원적외선 방사체다.

황토 속에 다량으로 함유된 원적외선은 열을 받으면 방출되어 다른 물체의 분자활동을 자극한다. 원적외선이 신체에 흡수되면 신진대사 기능 촉진, 혈액순환의 활성화, 자기 재생력 증가의 효과가 있다. 지장수를 마시게 되면 신체내부에서 원적외선이 방출되므로 신체 외부에서 원적외선이 흡수되는 것보다 훨씬 직접적인 효과를 얻게 된다.

미생물의 활발한 작용

황토는 수많은 미생물이 살아 있는 건강한 흙이다. 미생물들은 체내 독소제거, 죽은 세포 분해, 인체의 자연 회복력을 도와주는 역할을 한다.

황토의 채취

황토는 태양 에너지를 비축한 흙이다. 수억 년 자연 그대로의 황토로 양지 바른 땅에서 채취하되 겨울에 얼지 않는 동결선 안쪽의 황토를 파야 한다. 대체로 90㎝ 안쪽이다.

지장수 담그는 그릇과 방법

지장수를 담그는 그릇은 도기 질그릇이다. 도기 질그릇은 숨 쉬는 그릇으로 물은 새지 않되 공기는 통하는 아주 미묘한 그릇이다. 그러므로 물을 정화시키는 성질이 있다.

큰 그릇에 물을 담고 적당량의 황토를 풀어 저어 잘 섞은 후 작은 들통에 체로 걸러 담그는 큰 독에 갖다 붓는다. 겨울에 얼지 않도록 외부에 둘 때는 보온조치가 필요하다.

지장수의 효능

각종 미네랄 성분을 다량 함유하고 있다.

체내 원적외선 방출 효과가 있어 신진대사를 촉진하고 혈액순환이 활성화 되며 조직 재생력 증가에 큰 도움을 준다.

체내 축적된 각종 농약성분, 중금속을 해독한다.

체내 노폐물을 배출함으로 피가 맑아지고 피로회복, 다이어트에 효과가 있다.

아토피 치료에 효과가 있다.

성인병 예방, 체질개선에 큰 도움을 준다.

이상은 참고자료에 의한 고식적 정보지만 실제로 상용 음용하고 있는 유경험자로서 주장하고 싶은 것은 전 가족이 환절기 감기에 걸리지 않는다는 점이다. 그것은 연중 무탈 건강하다는 것을 의미한다. 한 겨울에 음용을 중단하면 가족들이 돌아가면서 감기에 걸리다가 음용을 시작하면 감기약보다 더 효과가 좋다는 것을 실감하였다.

지장수의 활용

상용 음용수로 쓴다.

옛날의 숭늉과 같은 역할로 보리차, 녹차를 넣어 끓여 냉장고에 식혀 마신다.

과일 세척할 때 사용하면 잔류농약 처리에 화학세제보다 더 안전하고 깨끗이 씻긴다.

음식 조리할 때 사용하면 체질개선의 효과가 있고 음식 맛이 뛰어나다.

기호 식품인 차 끓일 때 사용하면 차의 맛과 향미를 더 느낄 수 있다.

한약을 달일 때 사용하면 약성의 효과가 배가 된다.

지하수와 지장수

장수 마을 혹은 장수 집안의 우물이나 샘물은 여느 우물이나 샘물과 달리 지장수와 유사한 성분을 가진 물이라고 볼 수 있을 것이다. 풍수지리에서 좋은 집터를 논하는 것도 또한 집안이나 가정의 융성도 좋은 우물 자리일 것이다. 지하수라는 것이 참말로 기묘해서 조금만 위치가 달라도 지하수의 수맥이 다르고 물의 성분이 달라진다는 데서 우리가 어쩔 수 없는 인간 능력의 한계라는 것이다.

지장수와 거의 같은 약성을 지닌 운명의 지하수나 샘물을 찾기보다는 끈기와 노력으로 붉은 황토를 이용한 지장수를 만들어 먹으면 될 것이다. 국가의 의료비 지출이 줄어들 것이라고 확신하는 바이다.

생수 시대

상수원이 오염되고 불량해지면서 수돗물에 대한 불신이 극에 달했다. 정부에서도 첨단 과학을 이용하여 물의 정수기능을 증진시키고 깨끗한 수돗물을 만들어 사람들의 수돗물에 대한 선입견을 불식시키기 위해서 최선을 다하고 있다. 그 덕분에 최근의 수돗물은 품질 면에서 괄목할만하다 할 것이다. 그런데도 사람들의 불신은 가시지 않고 각 가정에 정수기 보급의 일반화와 생수 상용이 일상화 되었다. 바야흐로 생수시대가 도래하였다.

물은 이제 시대의 아이콘이다

　같은 하늘 아래 같은 숨을 쉬고 살아도 같은 물을 먹고 사는 세상이 아닌 시대가 되었다.

　시골에서는 우물이나 샘물, 도시에서는 수돗물이라고 통용되는 인식의 시대는 지났다.

　어디를 가도 생수병이 즐비하다. 수많은 상표의 이름으로 생수병들이 움직인다.

　교통과 통신의 발달에 따른 유통망의 발달로 전 세계의 유명한 생수들이 우리들 눈앞에까지 금방금방 다가오는 시대가 되었다. 거대한 마트에서 작은 구멍가게까지 생수의 판매와 소비는 현대인들의 생활의 한 방식이 되었다.

물은 이제 이미지다

일생을 두고 사람들은 이미지 관리에 전념한다. 방안에 혼자 있거나 잠 잘 때를 빼면 어쩌면 사회생활의 전부가 이미지 관리인지 모른다. 인류의 문명과 문화발달 자체가 이미지 관리의 발달이고 역사라 해도 과언이 아닐 것이다.

좋은 집, 고급 자동차, 골프, 해외여행, 별장 등 거시적 이미지 관리에서 명품, 미용, 개성 등 차별화라는 이름으로 자행되는 미시적 이미지 관리도 이제는 물이다.

고급스런 품위유지를 위해서는 고급상표의 생수병을 들고 다님이 마땅하다.

명품으로 치장했으니 먹는 물까지 럭셔리하다는 이미지를 풍기고 싶은 것이 인지상정임이 확신하다. 고급 분위기와 균형을 맞추기 위해서는 물도 고급 생수라야 한다는 것이다.

물은 이제 부의 척도다

인생의 유유상종은 예부터 있어온 상투적 관례다. 부의 수준에 따라 끼리끼리 어울리고 잘 사는 사람들이 모여 사는 동네가 있기도 하다. 잘 사는 동네는 당연히 고급 상표의 생수가 지입될 것이다. 우리가 흔히들 '물은 물이요 산은 산이로다' 하면서 물이면 물이지 그 이상 무슨 대수냐? 할 것이지만 현실에서는 그렇지 않다.

부자들이 많이 사는 지역에 있는 요가 클럽에서는 회원들을 위해서 생수를 판매한다.

그러나 진열장에 구비된 물은 단 두 종류, '에비앙'과 고가 미네랄워터 '콘트렉스' 뿐이다.

국산물은 갖다 놓지 않는다. 전체의 분위기와 균형을 맞추기 위해서 싸구려 물은 진열장에 갖다 놓을 수 없다는 것이 당사자의 주장이었다. 물이 단지 물일뿐이 아니라 물에도 나름의 등급이 있고 의미가 다르다는 것이었다.

물은 이제 고급 마케팅 도구다

그동안 우리는 생활에 바쁘고 변화에 적응하느라 식음수에 관하여는 눈여겨 볼 겨를도 없었고 주는 대로 먹었다. 이제는 기왕이면 다홍치마 물 좋은 곳을 찾게 되었다.

그래서 어떤 음식점에서는 특별히 공수한 약산 샘물을 준다든지 기름기를 녹이고 해독작용까지 한다면서 특별한 샘물을 준다는 것이다.

물로서 차별화 하는 전략을 쓴다는 것, 그리고 고객들은 흡족해 한다는 것 등의 마케팅 도구로서 물을 이용하는 경우가 생겼다. 어떤 모임이나 문화행사에서 특정 생수나 고급 생수로서 고급스럽다는 것을 상징적으로 드러낼 수 있고 의도하는 타깃 층에 자기 상품을 노출시키는 윈윈 마케팅의 전략으로서 물이 필요한 시대가 되었다.

생수 탐방

제주도 삼다수

제주도는 6·25전쟁 때 남한의 한반도가 북괴에게 점령당했을 때 미군들의 피난지로 미국은 중국의 대만과 같은 역할을 하는 군사기지로서 구상하기도 했던 곳이다.

그래서 그랬는지는 몰라도 전쟁 직후 우리나라 군대 훈련소로 많은 장병들이 땀방울을 흘리던 곳이기도 하다. 그 시절 훈련 받는 병사들의 가장 큰 애로점은 물 부족이었다.

그 후로 제주도는 물이 귀한 곳으로 알려져 사람 살기 좋은 곳은 못되고 말의 성지로서만 각광받는 섬이 되었다. 그런데 오늘날은 사람이 가장 살기 좋은 곳이 되었다.

무엇 때문인가? 삼다수 때문인 것이다. 그것도 우리나라에서 가장 우수한 생수 때문이다.

백두산 천지는 폭포가 되어 쏟아져도 영원히 마르지 않는 무진

장한 생수의 천지로 물이 산보다 높다는 말을 실감케 하는 물의 천국이요 물을 머리에 이고 있는 백두산이기도 하다.

반대로 한라산 백록담은 여름 장마철이 지나면 물이 없다. 같은 분화구인데 백두산과 정 반대다. 한라산은 생수를 땅속에 두고 깔고 앉아 있다. 물을 머리에 이고 있는 백두산과 물을 꽁지에 깔고 앉아 있는 한라산을 비교하면 정말 재미있고 신귀하고 대조적이다.

제주도 전체가 분화구가 되어 어디를 파도 깊은 땅속에는 백두산 천지 못지않은 무궁무진한 삼다수가 쏟아져 올라온다고 한다.

삼다수 덕에 제주도는 물 좋고 공기 좋고 경치 좋고 그야말로 산 좋고 물 좋은 우리나라에서 가장 사람 살기 좋은 땅이 되었다. 그리고 삼다수는 전 국민의 목을 축인다.

백두산 천지 물은 땅속 마그마에서 지맥을 타고 올라오는 용천수로서 뜨거운 물이 식은 것이다. 식지 않고 중간에 터져 나오는 온천이 백두산에는 많다.

그러나 한라산은 온천이 없다. 한라산의 계곡은 건천이다. 대체로 연중 물이 흐르지 않는다. 제주도는 화산재나 마그마의 분출로 식어서 된 검은 현무암으로 바위에 구멍이 숭숭 뚫어져 있다. 그 구멍이나 틈새로 물이 빠져 건천이 되고 백록담에도 물이 오래 고이지 않는다고 한다. 그러니까 제주도의 지하수는 지상의 물이 모여서 된 거대한 지하 저수지인 셈이다. 지하로 모이다가 중간에 터져 나오는 것이 천지연, 정방, 천제연 등의 폭포다. 그러니까 폭포들도 낮은 해안가에 있다.

백두산의 물은 지하에서 지상으로 한라산의 물은 지상에서 지하로 둘 다 확실한 공통점은 우수한 품질의 생수라는 것이다. 천지신명의 조화가 정말 경이롭고 신비하다.

제주도는 섬의 특성을 지닌 우물을 팔수가 없는 곳이었다. 샘물이 나는 곳이 우물터가 되고 그 우물을 중심으로 마을이 형성되었다. 작은 샘들에서 나온 물이 모여서 작은 도랑이 되고 그 물을 모아서 저수지를 만들었다. 그 저수지의 물이 그 전까지는 제주시의 수돗물이었다. 과학의 발달은 삼다수를 만들었고 삼다수는 제주도를 풍요의 땅으로 만들었다.

해양 심층수

  인구 집중과 거대 도시의 출현은 먹는 물에 대한 우려가 점점 더 심해진다. 선진국을 중심으로 해양 심층수를 생수로 만드는데 착안하였고 실제 시중에 그 생수가 나오고 있다.

  바닷물을 민물로 만드는 기술은 이미 일반화 되어 중동의 사막 국가들은 풍부한 석유자원을 이용하여 민물화 하고 그 물을 이용하여 사막을 풍요의 땅으로 변모시키고 있다.

  해양 심층수는 수심이 200m 이상의 깊은 곳에 수온이 섭씨 2도 씨 이하를 유지하며 태양광이 닿지 않는 곳에 있는 물이다. 필수적인 미네랄과 영양염류가 풍부할 뿐 아니라 유기물이나 병원체 세균이 거의 없는 청정해수 자원이다.

  해양 심층수의 미네랄 밸런스와 인체 체액의 미네랄 밸런스가 유사하여 몸의 수분 흡수가 빠르다는 것이다. 본래 인간이 바다 동물에서 진화하였다는 증거로 바닷물의 성분비와 인체액의 성분비가 유사하다는 것으로 단지 바닷물이 4배가 짜다고 한다. 바닷물은 점점 더 짜지는데 그 정도를 계산하여 인류 출현의 기원을 찾는 자료로 쓰기도 한다.

바다의 해류는 표면 해류와 심해의 해류가 다르다고 한다. 북극해의 빙하가 녹은 물은 수온과 염분에 의한 밀도 차이로 바닥에 가라앉아 심해의 순환류를 타고 지구를 돈다.

심해 해류가 지구를 한 바퀴 도는데 2천년이 걸리는데 동해의 북태평양 순환류는 그 수명이 4백년이라고 한다.

우리나라는 동해의 고성 앞바다 수심 6천 미터에서 심층수를 뽑아 올려 생수 만드는 공장을 가동하고 있다. 모든 바다의 심층수가 생수의 대상이 아니라는 것이다. 우리나라, 일본, 미국, 대만, 노르웨이 등의 나라가 심층수 개발에 열을 올리고 있는 실정이다.

에비앙의 샘물

지금까지 세상에서 제일 좋은 물로 에비앙의 샘물로 알려져 있었다. 우리나라가 어려운 시절에 발전한 서양에 대한 흠모와 부러움, 그들 국민에 대한 열등의식 등으로 서양의 것이면 무엇이든지 다 좋아 보이는 시절이 있었다. 하물며 고등학교 국어 교과서에 감성을 자극하는 수필부분에 에비앙의 샘물이 등장했을 때는 그 샘물에 대한 동경과 상상은 하늘을 날았다. 에비앙의 샘물 한 모금에 대한 소망은 우리나라 백년 산 산삼 한 뿌리 먹어보는 것과 거의 맞먹는 그런 꿈을 그려보았던 것 같기도 하다.

반세기가 흘러 그동안 우리가 언제 에비앙의 샘물 생각할 겨를이 있었던가. 이제 어지간히 서양의 문물에 어느 정도 근접이 된다 싶으니까 생수가 등장했다. 생수가 나오자마자 부리나케 에비앙의 샘물이 달려온 것이다. 왕년의 우리들의 선입견과 추억을 자극하면서 그것도 값비싸게 고급 매장에서 고급 이미지를 추구하면서.

에비앙은 알프스 산맥의 프랑스 쪽 산기슭에 샘이 있는 마을 이름이다. 에비앙의 샘물은 19세기에 벌써 산모들에게 좋은 물이라면서 병에 담아 팔았다고 한다. 언젠가는 우리나라 여행객이 찾아가 물을 먹어 보았다는 기사가 있기도 했다. 지금도 미네랄 성분비가 우수한 것만은 사실이지만 왕년의 그 그리던 꿈속의 물은 아닌 것이다. 어쩌면 삼다수가 더 좋은 물일지도 모르는 일인 것이다.

물 하면 우리나라에는 수억 년의 태양 에너지가 축적된 빨간 황토가 많다. 단언컨대 에비앙이 아니라 세상의 어떤 물도 붉은 황토로 빚은 지장수만은 못하다는 것을 강력히 주장하는 바이다. 특정 단체에서 권하는 약수니 약천수니 하는 것에 절대 현혹되지 말고 조금만 수고를 아끼지 않는다면 지장수의 진정한 약수의 위력을 알게 될 것이다.

빙하수

한때 북극해의 산 덩어리만한 빙하를 끌고 와서 그것으로 수돗물 문제를 해결할 수 있다는 말이 있었다. 하기야 거대한 항공모함을 옆에서 본 사람은 그런 생각이 들지 모르겠는데 아무리 그래도 우리들의 수원지인 댐 물을 생각한다면 산 덩어리 한두 개 정도 가지고는 어림도 없을 것이라는 생각이 든다. 그만큼 빙하수에 대한 희구의 마음일 것이다.

세계에서 가장 북극지방의 빙하를 가장 많이 안고 있는 캐나다가 아닌 게 아니라 빙하는 자기 나라의 전유물인 양 생수시장에 빙하를 이용한 빙하수를 내놓고 있다.

빙하수는 오염되지 않은 청정 빙하지대 만년설의 빙하가 녹은 물이다. 불순물이 없는 순수한 물로서 천연 육각수의 구조를 가지고 있다. 초정밀 필터를 이용하며 살균처리 한다는데 기술적인 것은 전문가들의 몫이다.

빙하는 얼음의 강이고 남극 대륙에서는 얼음의 산이다. 어떻든 빙하는 미세하지만 흘러내린다고 한다. 이동의 속도가 매우 느려서 인간의 감각에는 움직임이 없다.

사람들이 빙하수를 생수로 먹는다면 수만 년 전에 내린 눈을 녹인 물을 먹는 셈이 되는 것이다. 아무리 생각해도 현 시대에 내린 눈이 쌓여 된 빙하수는 생수가 될 수 없을 것 같다. 빙하를 녹이면 빗물을 받아 모았을 때의 색이 되지 않을까인 것이다.

임진왜란은 노예사냥 전쟁

서양의 노예제도

중세의 잠에서 깨어난 서양은 르네상스를 통하여 기지개를 켜고 휴머니즘 사상의 운동, 종교개혁, 지리상의 발견 등으로 엄청난 용틀임이 시작되었다. 콜럼버스의 1492년 신대륙 발견, 1522년 마젤란의 세계일주 등으로 전 세계 대양을 누비는 대항해시대를 열었다.

중국이나 인도 등 동양의 뱃길을 열기 위해서 시작된 대항해시대는 신대륙을 발견하게 되고 가는 곳마다 자국의 깃발을 꽂으며 식민지를 넓혀 나갔다. 특히 신대륙의 식민지에서 사탕수수 농사를 짓기 위해서 대량의 노예가 절대 필요했다. 처음에는 몇몇의 고용 형태를 취하다가 금방 대량의 인신매매로 변질되어 드디어는 악마적 인권사각지대가 되었다.

나중에는 아프리카 흑인들을 사냥하듯 마구잡이로 잡아서 사람을 굴비 엮듯 엮어서 2층 배에 싣고 대서양을 건넜다. 노예무역이었다. 물론 농장 현장에서 짐승처럼 부리는 강제노역도 인간의 도리가 아니었지만 바다를 건널 때의 처참함은 차마 인간으로서 있을 수 없는 너무나 끔찍한 광경이었고 환경이었으며 처지였다. 16세기에 시작된 노예무역은 19세기까지 근 300년간 대충 2천만 명의 노예들이 희생되었다.

아프리카 흑인 원주민들의 마구잡이 사냥과 무역 거래는 그들을 인간으로 절대 보지 않았고 정글 속의 고릴라, 침팬지와 같은 급으로 취급했다는 단적인 반증인 것이었다.

서양에서 노예제도는 고대사회부터 있었다. 모세의 기적에서 홍해 탈출은 당시 유태인들이 이집트에서 노예생활을 하다가 탈출한 역사로 인식되고 있다. 거대한 이집트의 피라밋의 군집들도 모두 다 수많은 노예들의 작품이라고 한다. 고대사회에서 인류는 전쟁에서 진 민족이나 종족은 승리한 자의 노예로 끌려가거나 노예생활을 하였다고 한다.

동양사회는 계급사회였던 만큼 전쟁에 지면 그 종족은 천민계급으로 전락하거나 종으로 끌려가 종살이를 했다고 한다.

세계사의 격변기

　우리나라 역사의 조선이 건국될 1392년 무렵에는 중국은 원나라에서 명나라로 바뀌었고 서양에서는 십자군 전쟁이 끝날 무렵이었다. 영국에서는 마그나 카르타라고 하는 권리 대헌장이 제정되었고 중세의 잠에서 깨어나기 위한 독일의 마르틴 루터 등에 의한 종교개혁의 싹이 트고 있었다. 조선의 황금기 한글이 만들어진 1446년 무렵에는 서양에서는 본격적인 르네상스 운동이 일어났다. 조선 건국의 100년 후인 1492년에는 콜럼버스가 아메리카 신대륙을 발견하였다. 아직도 오스만 터키의 아랍제국은 서양과 동양을 잇는 대륙의 실크로드를 장악하고 있었다. 어떻게 하든 동양의 후추를 수입해서 서양에 팔기 위한 무역로인 바닷길을 열기 위한 선두 주자로 포르투갈이 나섰다. 디아스의 희망봉 발견, 바스쿠다 가마의 아프리카 최남단 희망봉을 돌아서 가는 인도 항로 개척 등으로 포르투갈의 함선이 인도양으로 진출했다. 한때 인도양은 명나라의 정화 장군이 제해권을 가지고 있었으나 쇠락하여 물러가고 포르투갈 함선이 진출했을 때는 아라비아 상선들이 제해권을 가지고 있었다. 포르투갈은 함선 3척으로 아라비아 상선 수십 척을 무찌르고 인도양을 장악하여 동양 진출의 교두보를 마련하였으며 동양 진출의 선두주자가 되었다.

일본의 조총 발명

16세기 중엽 일본의 가고시마현 앞 바다에 있는 섬에 명나라의 상선 한 척이 태풍을 만나 표류해 있었다. 이 배에는 중국인, 유구인, 한국인, 남만인, 서양인 등이 타고 있었다.

이 서양인 세 명이 포르투갈 상인들이었다. 당시 포르투갈은 인도양의 제해권을 제패하여 동양 진출의 발판을 마련하고 동방무역이 활발히 이루어지고 있는 때였다. 이 서양인들은 총을 가지고 있었다. 조난당한 이들을 구호하는 조건으로 총을 입수할 수 있었다.

다른 나라의 문물을 입수하여 더 좋은 것으로 만들어 일본화 시키는 모방성이 강한 일본인들이 그 총을 보고 가만히 있을 리 없었다. 수단껏 기술을 발휘하여 만들었다. 그러나 발포장치의 기술에 실패하였다. 그래서 가고시마현의 성주가 세 딸 중의 하나를 그 서양인에게 시집보내어 그 서양인으로 하여금 포르투갈에 가서 총 기술을 배워오게 하였다.

임진왜란 전의 일본의 국내정세

　일본은 역사적으로 해외의 관계는 왜구의 역사였다. 고대부터 조선시대까지 우리나라는 왜구의 침략과 노략질, 시달림의 역사였다. 왜구들은 중국까지 동남아시아 전역에서 해안지역을 침공하고 약탈을 일삼는 무사들로 무장된 해적들이었다. 왜구들의 해외 노략질은 사실은 일본 정부도 어쩌지 못하는 전국 지역, 지방 무사 단체들의 해외 원정이었다.

　16세기에 들어와서는 전국의 군웅할거들이 세력을 이합집산 하면서 점차 큰 세력들로 균형을 유지하는 전국시대가 되었다. 이 전국시대를 통일한 사람이 도요토미 히데요시였다.

　이 무렵 일본은 서양의 대서양시대를 연 포르투갈과 스페인을 통한 남방무역에 한창 열을 올렸다. 동시에 천주교도 들어왔다. 훗날 조선에 쳐들어온 왜군의 삼분의 일이 천주교 신자였다고 한다. 그렇다고 천주교를 받아들인 것은 아니었고 풍신수길이 천하를 통일하고는 천주교 신부들을 어떤 연유로 다 해외로 추방하였다고 한다.

일본은 서양과 문물을 교류하고 무역을 하는 가운데 서양인들의 노예무역에 관한 정보와 실상을 보았을 것이다. 왜구들의 잔인성과 노예무역에서 보이는 인권의 무자비함에서 감동과 공감을 크게 얻고 곧 이은 임진왜란 때 우리나라에 적용했을 것이다.

모방과 흉내 내기의 귀재인 일본은 조총과 노예 등 서양의 못된 것을 그대로 받아들이고 먼저 받아들여 왜구들의 해외 침략 정신으로 전국을 통일한 도요토미 히데요시가 철두철미 준비하여 일으킨 전쟁이 임진왜란인 것이다.

조선의 일본 탐색

유학사상의 단점이 너무 현학적이고 이론에 치우쳐 실생활에 비생산적이라는 점에서 선비정신의 취약성이 우리 역사에서 그대로 노정되고 있는 것이다. 그래도 16세기 중후반에는 유학사상의 꽃이 활짝 피었다. 이황, 이이 두 거장의 시대였기 때문이다.

이기 이원론이라는 점에서는 두 사람은 같은 주장이었으나 이황이 더 유학의 본질에 충실하였고 이이는 이는 형이상학적이고 기는 형이하학의 개념으로 더 실용성이 가미되었다.

이이의 실용성에는 삼년상의 시묘의 직접적 시범의 단점도 있었으나 십만양병설의 주장 등 이론에 빠져 너무 종교적 정신으로 나약해지는 국력을 실천적으로 실제에 적용시켜 충효사상의 충을 강화함이었다.

임진왜란이 일어나기 10년 전에 대두된 십만양병설로 궁내 정가의 신료들은 의견이 분분하였다. 전쟁대비를 하느냐 마느냐 고민에 빠졌다. 이렇게 평화로운 태평성대에 전쟁 준비로 백성들의 민심을 흉흉하게 할 수도 없고 그렇다고 가만히 있다가는 낭패를 당할 것 같고. 할 수 없이 선조는 1590년 임진왜란의 징후를 알아볼 겸 해서 일본에 통신사를 보냈다.

역사의 귀결로 봤을 때는 이미 늦었지만 당시는 늦었다는 생각까지는 못했을 것이다.

서인의 집권시대였으므로 정사에 서인인 황윤길, 부사에 김성일, 남인이었다. 사색당쟁의 골이 매우 깊은 때였으므로 선조는 한 당파의 관찰만으로는 미덥지가 못했다. 그래서 서장관으로 동인인 허열 등 여러 당파의 사람들을 섞어 보냈다. 그러나 그것이 더 화근이 되었다. 결국은 의견의 일치를 보지 못하고 원상복귀로 마무리 했다.

돌아온 통신사들은 실컷 일본 현지에 가서 보고도 의견이 갈렸다. 집권파의 서인인 황윤길은 정사답게 왜국의 침략과 전쟁 준비가 대단하다고 왕에게 보고했다. 도요토미 히데요시의 눈매가 예사롭지 않고 큰일을 저지를 대단한 인물이라고 일렀다.

부사 김성일은 전쟁불가로 보고했다. 풍신수길의 생김새가 원숭이 같이 못생겼고 쥐같이 잽싸기는 하나 아무리 봐도 전쟁을 일으킬 위인은 못된다고 보고했다. 확신을 못 가진 선조는 보나마나 같이 간 동인인 허열의 서장관에게 물었을 것이다. 동인도 서인의 반대파로 본래 같은 파였던 김성일 쪽으로 손을 들어주었던 것 같다. 그러므로 선조는 결국 전쟁 대비 포기로 결론을 내리고 십만 양병설의 무용론으로 원상복귀 해버리고 말았다.

임란 전의 일본 정세 탐색의 교훈

영국의 역사가이자 문명 비평가인 아놀드 토인비는 역사는 순환한다고 했다. 우연의 일치인지는 몰라도 2017년 우리의 국가 안보 현실이 임진왜란 전과 너무나 흡사하다.

일본이 서양의 총을 입수해 연구 개발하여 조총을 대량 생산하듯 북한은 핵폭탄을 소형화하여 실전에 배치하고 있다. 일본이 조총을 만들 때 전 세계는 대포라든지 화약을 이용한 대량 살상무기가 있었다. 물론 우리나라도 있었다. 화약폭탄이라든지 대포는 그 사용이 불편하고 제한적이며 특히 기동성이나 활용성이 조총에 비하여 매우 번거롭고 불편하였다.

조총의 개별 휴대성이나 이용의 편리함은 화약을 재료로 만든 전쟁 무기로 당시로서는 최첨단의 무기였다. 일본은 최첨단의 병기를 보유함으로써 임진왜란을 일으켰다.

북한의 현재 상황도 임란 전의 일본과 너무나 흡사하다 하겠다. 핵폭탄의 소형화는 과거의 일본의 조총과 같은 흐름으로 파악해도 될 것이다. 핵폭탄의 소형화는 현재의 수류탄과 같은 역할을 한다고 볼 때 그 위력은 수류탄의 수천 배의 위력을 발휘할 것이다. 북한도 과거의 화약폭탄이나 대포처럼 거대한 핵폭탄은 실전에서는 활용성이 낮다는 것을 너무나 잘 알고 있고 해서 어떻게 하든 소형의 핵폭탄을 대포에 실어 날림으로서 현대판 조총의 역할을 하게 하겠다는 데서 강한 자신감을 보이고 있는 것이다.

우리나라도 과거 사색당쟁의 시대처럼 사색당으로 분리되어 북한의 전쟁 준비에 대해서 각자의 목소리를 내고 있다. 당장 사드의 미군 미사일 배치만 해도 서로 생각이 달라 과거 임란 전의 일본에 갔다 온 통신사의 예견과 같아서 올바른 방향을 잡지 못하고 있다. 그 보다도 선조의 십만양병설의 포기와 같은 판단이 될까봐서 때로는 두렵기도 한 것이다.

임진왜란의 참상

조선 건국 200년 만에 일어난 임진왜란은 우리 역사에서 유례가 없는 그야말로 너무나 처참한 전쟁이었다. 1592년 4월 13일 왜군들이 부산 앞바다에 나타나면서부터 시작된 전쟁은 그 후 7년 동안 무려 200만 명이나 되는 우리 민족의 생명을 희생시켰다.

종전 후 나라 전체의 인구수가 팍 줄었다고 한다. 생각해 보라. 6·25전쟁 3년 동안의 전쟁에서 20만 명이 희생되었다. 그래도 이 때는 임진왜란에 비하면 비행기 폭격도 있었던 현대전에 속한다. 구한말부터 일제시대, 6·25때까지 하면 대충 반세기 동안 이때도 약 200만 명은 희생되기는 했을 것이다. 고대에서부터 고려시대까지는 대륙에서 쳐들어온 이민족에 의해서 전쟁을 하고 민족이 수난을 겪었었는데 비하면 조선시대 이후는 일본에 의한 민족의 희생이 너무나도 두드러진다.

임진왜란의 치열함은 상상을 초월할 정도였다. 그래도 끝끝내 나라를 지켰다. 임전무퇴의 화랑도 정신과 조선시대 유학의 충효

사상이 국민들로 하여금 죽음으로 나라를 지키는 불굴의 정신을 갖게 했을 것이다.

　임진왜란은 전국이 전적지고 난세에 영웅이 탄생한다고 사실 우리 역사에서 영웅이 가장 많이 나타난 시기이기도 하다. 그도 그럴 것이 왜국의 침략 예측이 빗나가 전연 전쟁 준비가 안 된 상태에서 왜군의 침입은 정규군보다는 급조된 의병들에 의해 전쟁을 할 수밖에 없었다. 그러므로 임진왜란은 이순신 장군이 일등공신이기는 하지만 사실 우리들의 역사적 영웅인 의병대장들의 역할을 간과해서는 절대 안 될 것이다. 그리고 영웅을 통해서 전적지를 기리고 전적지에서 장렬하게 왜병들과 용감하게 싸우다 순국한 우리 조상들의 넋과 정신을 기려서 후세들에게 귀감이 되어야 할 것이다.

잔인무도한 인간사냥의 흉내

임진왜란도 따지고 보면 서구제국의 동점의 일환으로 생각해 볼 수 있을 것이다. 이때까지만 해도 서구 열강들은 식민지에 대한 열망이나 인식은 별로 없었고 단지 신대륙에 관한 지배권이나 무역에 관해서 정도 관심을 집중하고 있었다. 어떻게 하면 광활한 신대륙의 자원을 이용해 본국의 부를 축적할까 하는 것이 큰 관심사였다. 그래서 원주민이나 노예들을 이용해 면화, 설탕, 차의 재배라든지 금광, 은광의 채굴에 온 힘을 쏟고 있었다.

아직 산업혁명이 일어나기 이전이었으므로 모든 노동력은 인력에 의해 해결되었다. 거의 공짜 노동력에 가까운 노예가 절대 필요했다. 처음에는 싼 노동력을 얻기 위한 수단으로 인력을 거래하다가 금방 잔인한 인간사냥으로 변질되었다.

인간사냥의 무기가 서구인들이 먼저 발명한 조총이었다.

서구인들이 중세에서 잠을 깬 르네상스가 15세기 중엽에 일어나고 그로부터 50년 정도 후에 신대륙이 발견되고 그것은 대항해시대를 예고하는 것이었다. 그로부터 반세기 후에 즉 16세기 중반에 포르투갈인이 일본에 조총을 전해주었고 그로부터 50년 정도 후에 임진왜란이 일어났다. 모방의 달인인 일본인들이 그대로 서구인들을 흉내 낸 인간사냥이 바로 임진왜란인 것이다.

전국이 인간 도살장

　불교를 통한 호국사상으로 자주 국가를 유지하려는 고려에 대해 북방 민족들을 위시한 외세의 침입이 끝이 없었다. 거란족, 여진족, 몽고족, 홍건적, 왜구 등. 그러다가 결국은 중국까지 지배한 몽고족이 세운 원나라의 속국이 되었다. 이런 역사적 사실을 잘 아는 이성계는 조선을 건국하면서 중국에 대한 사대교린정책과 숭유사상을 펼쳤다. 그로부터 200년 동안 전쟁이 없으니까 사대교린을 너무 믿었고 유학사상의 정신적 공리에 치우쳐 국력이 대단히 쇠잔해져 있었다. 그러니까 임진왜란의 징후를 직감하고도 결국은 안일무사를 택했다.

　중국을 너무 믿고 일본을 왜구의 해안 노략질 정도로 여기고 있었다는 것이다. 그 대가는 실로 엄청났다. 무려 7년 동안 조선 8도는 왜군의 조선인 도살장이 되었다. 그 숫자가 200만 명이라면 현대전에서라면 2천만 명에 해당된다 할 것이다.

악마부대의 대 출현

　부산 앞바다의 수평선상에 나타난 왜군들의 함대를 보고 동래 부사 송상현은 모골이 송연했을 것이다. 털끝이 쭈뼛 서고 전신에 전율이 흘렀을 것이다. 그것은 악마의 출현이었고 지옥의 문이 열리는 광경이었다. 엄청난 비극의 미래를 맞이하는 순간이었다.

　우리 역사에서 일본은 우리나라 해안 마을을 노략질하는 왜구 정도로 얕보고 있었고 전쟁은 항상 대륙의 민족들로 인한 것이었기 때문에 설마 일본의 대대적 침략은 감히 상상도 못했을 것이다. 그래서 당국에서도 안일무사를 택했을 것이다. 세상의 흐름이 대양에서 대륙으로 흐를 것이라는 것도 전연 예측을 못했을 것이다. 중국을 큰집으로 의지하고 집안싸움만 일삼았던 결과가 눈앞에 펼쳐지고 있었던 것이었다. 안일무사의 대가가 얼마나 참혹한 것이었던가가 당대의 영웅들은 죽음으로 대신했을 뿐이었다.

　부산 포구의 부산진성은 임란 최초의 전투로 정발 장군의 전사로 그대로 무너졌다. 18만 왜군들의 악마들은 그대로 동래성으로 달려가 동래부사 송상현을 위시한 군관민 삼천 명을 무참히 도륙하였다. 동래성 함락을 시작으로 왜병들은 이후 줄곧 조선인 학살과 죽음의 잔치를 벌였다. 전투라는 이름으로 자행되는 조선인 살육의 현장은 아비규환의 지옥의 세계, 바로 그것이었다.

악마의 하수인들

　동래성 전투는 전쟁이라기보다는 차라리 인간 도살장이라 하는 것이 더 나을 정도였다. 기록에 의하면 왜군들은 조선인을 몰살하기 위한 침입이었다는 확신이 들 정도로 군관민 삼천 명을 어린아이들까지 모조리 학살하였다는 것이다.

　부산을 함락한 악마의 앞잡이 고니시 유키나가(소서행장)를 중심으로 한 세 왜장, 오른쪽의 가토 기요마사(가등청정), 왼쪽의 구로다 나가마사(흑전장정)는 세 갈래로 나뉘어 본격적인 한반도의 인간사냥을 시도하였다.

　이로써 시작된 한반도 정벌은 그야말로 왜군들의 조총 앞에 그대로 죽음의 잔치를 벌였다. 다음은 충주 탄금대의 신립 장군의 배수진의 몰살이었다. 문경새재의 요새를 빈틈없이 지켜야 할 신립은 꿈에 나타난 여자의 저주로 손자병법에서 제시한 배수진의 전법을 쓰다가 그대로 전멸하였다.

　배수진이야말로 최후의 전법이다. 죽기 아니면 살기로 싸우다 보면 예상외의 승리가 점쳐질 때 쓰는 전법이다. 처음부터 너무 터무니없거나 얼토당토않다고 하다면 절대 해서는 안 되는 전법이 배수진인 것이다. 그렇다면 신립 장군의 경우는 당연히 문경 요새에서 싸우다가 안 될 때는 당연히 후퇴하여 다음을 기약해야 하는 것이다. 후퇴는 결코 패배가 아닌 것이다. 후퇴는 하지만 그만큼 적들에게 부담을 주고 다음 기회에 대한 불안감을 남겨놓고 떠나는 전법인 것이다. 신립 장군 부대의 전멸은 한양의 궁궐에서 선주왕의 몽진을 촉진시켰고 조선 전국의 백성들은 전쟁의 공포에 휩싸이게 되었다.

다음은 충청도 의병대장 조헌이 이끌었던 700의사의 장렬한 몰살이었다. 왜병들의 최신 무기인 조총 앞에 나라를 지키겠다는 의혈과 죽창만으로는 무참히 쓰러지는 초개와 같은 목숨이었다.

임진왜란에서 가장 처절한 전투는 진주성 전투였다. 송상현의 동래성 전투에서 3천 명의 몰살이라면 진주성 전투에서는 그 10배인 무려 3만 명의 군관민 일체의 전멸이었다.

1592년 임진왜란이 일어나던 그 해의 1차 전투에서는 진주목사 김시민의 지휘 하에 황진, 최경회, 김천일 의병대장 등의 분전으로 왜군의 공격을 잘 막아냈고 승리로 이끌었다.

후방에서는 홍의장군 곽재우, 정인홍 등의 의병대장 등의 후방 지원이 큰 역할을 했다.

그 다음해의 2차 전투에서는 왜군들이 병력을 총 집결하여 대대적인 공격을 감행하였다. 한양까지 올라갔던 소서행장, 가등청정 등 왜군들의 주력 부대가 다시 진주로 내려와 총 집결하여 대대적인 공격을 감행하는 바람에 결국은 진주성도 함락되고 말았다.

왜군들의 조선 반도 침략에서 본래는 진주성은 계획에 없었다. 부산에서 출발하여 중심축인 소서행장은 밀양, 청도, 대구를 거쳐서 문경새재로, 오른쪽 가등청정은 울산, 경주를 통한 문경새재로, 왼쪽의 흑전장정은 창녕, 성주, 추풍령을 넘어 충청도를 통하여 한양 공격 시에는 세 부대가 합류하는 것으로 되어 있었다.

왜군들의 계획차질

어느 전쟁에서나 군대들의 식량인 보급이 뒤따라야 한다. 왜군들은 호남평야를 점령하여 그들의 본색인 왜구 시절의 항해술을 이용하여 남해를 거쳐 서해안을 따라 호남의 식량을 북진하는 왜군들에게 공급하려는 계획이었었다. 그러므로 서부 경남을 거쳐 함양, 인월 쪽의 소백산맥을 넘어 전라도의 곡창지대를 점령하려 하였다. 또한 진주성쯤은 주력부대가 아닌 외곽부대 정도로도 충분하리라 보았다. 그런데 이외의 복병 진주성을 만났던 것이다. 그리고는 패했다. 그리고 남해에서는 이순신 장군을 만나 서해를 타고 북진하여야 할 일본의 바다 함대가 남해를 벗어나지 못하는 것이었다.

이듬해 북상했던 왜병들의 주력부대들이 총 집결하여 예상외의 복병이었던 진주성을 끝내 함락하고 말았다. 진주성 안의 군관민 3만 명의 사정없는 살육은 남강 쪽의 절벽에 붉은 피의 폭포를 이루었다고 한다.

김시민 목사는 1차 전투에서 왜군의 조총에 맞아 숨겼고 삼장사의 일원이었고 의병 대장이었던 김천일 장군은 아들과 함께 남강에 투신하여 자결한 것으로 전해지고 있다.

진주성을 함락한 왜군의 장수들은 촉석루에서 잔치를 벌였다. 이때 삼장사 중의 한 분이었던 최경회 장군의 애첩이었던 의기 논개가 기생으로 가장하여 연회에 참석하였다. 논개는 왜장 게야무라 로쿠스케(모곡촌육조)를 물가의 의암바위로 유인하여 껴안고 함께 물에 빠져죽었다고 했다. 우리 역사에서 논개는 가장 의로운 여성으로 기록되고 있는 것이다.

그 뒤 왜군들은 한양을 점령하여 경복궁을 불태워 없앴고 평양성까지 공격하여 성공했다. 이때 의주까지 피난 갔던 선조는 옥체 보존을 위해서 압록강을 건너느냐 마느냐에 따른 공론이 분분했다. 그것은 임진왜란 당시도 그랬고 지금까지도 역사 논쟁으로 남아 있다.

7년의 왜란동안 계획했던 바다의 함선을 이용한 보급을 끝끝내 받지 못한 왜군의 전략은 엄청난 차질을 가져왔다. 그것은 바다의 이순신 장군 때문이었다. 육지의 왜군들은 가는 곳마다 승리를 거뒀으나 바다에서는 전투마다 패하여 결국은 일본 함선들은 남해의 목포를 벗어나지 못하고 전쟁은 끝났다.

정유재란

　이순신 장군 때문에 바다의 뱃길을 통한 보급로의 차단으로 왜군들은 전쟁 수행을 원활히 할 수 없었다. 북쪽의 평양성도 중국 명군의 지원으로 왜군들은 탈환 당했다.

　권율 장군의 행주산성 전투에서도 예상외의 패배를 당해 상당한 병력 손실을 입었다. 전국적으로 의병들의 기습공격은 이순신으로 인한 보급의 원활치 못한 것과 연계되어 왜군들의 사기가 사정없이 곤두박질쳤다.

　5년 동안 조선 8도를 난도질하던 왜군들이 물러갔다. 완전히 물러간 것이 아니고 울산에서부터 사천에 이르는 동남해안에 왜군의 진지를 구축해 놓고 잠시 휴전상태로 있었다. 조명 연합군은 사천까지 왔다. 사천 선진에 왜군의 진지가 있었다. 조명 연합군이 선진에 진을 치고 있는 왜병들의 부대를 기습공격 하려고 했던 직전에 조명 연합군의 진지에 원인 모르는 불이 나는 바람에 조명 매복부대의 작전이 탄로났다. 그 바람에 조명 연합군은 왜군들의 역습을 받아 한 명도 남김없이 살육 당했다. 이것이 정유재란의 시작이었다. 사천전투에서 살해당한 조명 연합군의 병사들의 시신은 모조리 귀나 코를 베어 말리거나 소금에 절여서 일본으로 가져갔다.

사천의 조명 군총과 이총

사천 선진전투에서 패배한 조명 연합군의 시신은 사정없이 목
이 잘리거나 귀나 코가 잘렸다. 왜군들이 전과물로 일본으로 가져
가기 위해서였다. 목, 귀, 코가 잘린 조명 연합군의 시신을 모아 무
덤을 만든 것이 조명군총이다. 이때 왜군들이 가져간 귀나 코를
모아 일본에서는 무덤을 만들었다. 최근에 와서 그때 전사한 조명
군의 원혼을 달래주기 위해서 일본의 교토에 있는 이총에서 흙을
떠와 정유재란의 조명 연합군의 전적지에 이총을 만든 것이 사천
의 이총인 것이다.

전후 왜국과의 강화회담

　도요토미 히데요시(풍신수길)의 죽음으로 7년간의 전쟁은 끝났다. 전후 처리를 위해서 사명대사 유정을 일본으로 보냈다. 조선을 유린한 철천지원수의 나라라 하여 탐적사란 이름으로 보냈다. 도적의 나라를 염탐하러 가는 사람이란 뜻이었다. 유정은 승병을 모집하여 왜군과 싸웠던 묘향산의 휴정 서산대사의 제자로 유정 역시 승병을 이끌고 왜군과 싸웠다.

　전쟁 당시 왜군과의 휴전 회담을 추진했던 사명대사는 외교적 수완을 발휘하여 민간인 포로 3천여 명을 이끌고 돌아왔다.

임진왜란의 수수께끼

이상으로 임진왜란의 극히 일부를 개략으로 살펴보았다.

이순신 장군의 난중일기라든지 유성룡의 징비록 등 임진왜란의 전개 과정이나 전적지에 관한 세세한 기록이나 일화, 이야기 등이 수없이 많이 전해지고 남아 있다.

수많은 의병이나 승병들의 활약상이나 그 대장들의 활동이나 승리와 전적과 희생의 기록들이 많이 남아 있고 전해지고 후손들의 귀감이 되기도 한다. 아무리 그러해도 도저히 이해가 가지 않는 점이 한두 가지가 아니다.

당시의 조선 인구는 일천만 명 정도 되었다고 한다. 임란 후의 인구가 2백만 명 정도, 어떤 기록에는 4백만 명이나 줄었다는 말도 전해지고 있는 것이다. 그렇게 많은 사람들이 왜병들에게 죽임을 당하고 포로로 끌려 잡혀가고 한 것에 비하면 기록이나 정보, 전해지는 것은 너무나 미미하고 단순하고 그 잔인성의 본질은 밝혀지지 않은 것 같다.

우리나라 역사적 인물 중 최고의 영웅, 영웅만으로 칭호가 모자라 성웅으로 불리는 이순신 장군부터 배운 것이라면 아주 어릴 때부터 임진왜란을 알았고 요즘엔 인터넷 백과사전에서 임진왜란에 관한 무궁무진한 지식의 샘이 기록되어 있다. 모두 다 역사적 사실들이다.

결론부터 말하자면 "그러니 어쩌란 말인가?" 이다. 모두 다 영혼 없는 기록들이고 객관적으로 기록하기 위해서 무던히도 애쓴 흔적이 역력히 보인다. 하나 더 덧붙이자면 인간적 감정은 털끝만큼도 없고 오직 동물적 악감정만 가진 왜군들이 본국의 성에 가만히 앉아서 조정하는 도요토미 히데요시의 로봇 같은 병사들이었다는 느낌만 남는 것이다.

왜군들이 7년 동안 뚜렷한 목적이나 확실한 명분도 없이 그저 조선 국민을 죽이기 위해서 일으킨 전쟁이라는 기록 밖에 보이지 않는다는 것이다. 우리나라를 빼앗고 지배하기 위해서 일으킨 전쟁이었다는 기록이 없다는 것이 너무나도 기이하다는 것이다.

조선의 백성을 전쟁에서 싸우다 죽은 기록만 있고 무수한 백성을 잡아간 기록은 전무하다는 데서 임진왜란의 역사적 기록이 미미하고 미비하고 어쩌면 많은 부분이 왜곡되어 있는지도 모른다는 것이다.

조선 침략의 계기에 대한 불가사의

우리나라 국민은 초등학교에서부터 이순신 장군을 배우기 때문에 임진왜란에 관한 것은 누구나 다 알고 있는 셈이다. 주로 십만 양병설과 통신사를 보내 미리 침략의 여부를 알아보다가 침략대비를 등한시했다는 역사적 사실 등이다.

그러다가 학력이 높아지면 침략의 동기를 배운다. 도요토미 히데요시가 일본 전국을 통일하여 사무라이들의 기개가 하늘을 찌를 듯하여 그 창대한 힘을 쏟을 데가 없어서 대륙의 침략에 이용했다는 사실로 마무리하고 있다.

그러므로 우리나라는 중국을 침략하기 위해서 가는 길에 길을 비켜 달라고 하는데 우리나라가 길을 비켜주지 않아서 어쩔 수 없었다는 것이 그 이유였다. 그렇다면 그들이 18만 명의 병력을 부산 앞바다에 나타낸 것이 정령 대륙의 제국 명나라를 공격하기 위한 것이었고 또 우리는 중국의 앞잡이로 대리전을 했단 말인가? 결코 아닐 것이다. 아니면 신무기인 조총을 한반도 조선 민족의 생명을 무자비하게 유린하는 도구로 이용했거나 시험장으로 대륙 침략의 사전 연습장이었단 말인가? 그것도 아닐 것이다.

정발 장군의 죽음

왜군들이 반도 땅 대륙의 관문인 부산의 땅에 발을 딛기 위해서는 부산진성을 함락시켜야 했다. 중과부적으로 침략 대비에 소홀했던 정발 장군은 항복하여 포로로 잡혔다.

아득한 옛날부터 인류의 전쟁에서는 포로에 대한 배려가 있는 법이다. 볼모로 쓴다든지 유리한 협상의 노획물로 이용한다든지 노예나 종으로 삼기 위해서 끌고 가는 등 일단 생명은 살려놓고 보는 것이 보편적 현상이다. 아마 정발 장군도 설마 했을 것이다. 그런데 아니었다. 포로로 잡혀 무방비 상태인 장군을 사정없이 조총을 쏘아 즉시 죽여 버렸다.

정발 장군의 죽음만 역사적 사실로 강조되고 부하 군사들의 모조리 죽임을 당한 것은 예사로 여긴 역사적 기록은 첫 전투부터 왜군들의 악마적 근성을 덜 강조하고 있다는 것이다.

동래성 참사

동래성 누각 위에 우뚝 선 송상현 부사 앞에 나타난 왜군들이 명나라를 공격하기 위해서 가는 길이니 길을 비켜 달라고 했다. 송 부사가 그럴 수 없다고 하니 전투가 시작되었고 동래성 안의 사람의 생명은 어린아이까지 모조리 씨를 말렸다고 했다. 그때 전황의 기록에 의하면 조선 민족의 씨를 말리기 위한 전투였고 왜군들의 악랄함과 잔인성이 상상을 초월할 정도였다는 것이다.

부사 송상현은 전세를 감당 못하여 의관을 갖추고 북향 삼배하고 의연한 자세로 앉은 채 왜병의 칼에 장렬한 죽음을 맞이하였다. 아마 당신의 한 몸 희생으로 수많은 성 안의 백성들을 살리고자 했을 것이다. 그것을 간파한 왜군들은 가소롭다는 듯이 오히려 더 잔인하게 남은 사람들을 한 명도 남김없이 학살하였다는 것이다. 명나라와 전쟁하러 가는 길목을 막는다고 그렇게 일반 백성까지 다 죽이는 야만성이나 악마적 소행은 그 소이의 진의는 과연 무엇이고 어디에 있단 말인가? 단순히 풍신수길의 지시로만 그러지는 않았을 것이다. 왜군들이 왜 그렇게 잔인무도하게 인명을 살상한 심리적 근저는 어디에도 나타나지 않은 채 역사적 사실에 대한 기록물만 풍성하다는 것이 참으로 희한한 것이다.

진주성의 함락

우리는 일반적으로 진주성 함락에 관해 알고 있는 것이 성 안의 3만 명의 군관민이 동래성 못지않게 모조리 도륙되어 참살 당한 것으로 알고 있다. 그 피가 남강의 절벽을 타고 흘러내려 폭포를 이루었다고 하는 것도 사실일 것이다. 그런데 또 어떤 기록에는 성 안에 5만 명 내지 6만 명의 주민이 있었다고 했다. 그렇다면 나머지 인원은 어디로 갔단 말인가?

분명히 일본으로 끌고 갔을 것이다. 7년의 전쟁동안 왜군들이 전승의 성과물로 처음에는 사람의 머리를 가져가다가 그것이 무겁고 불편하다고 해서 코나 귀를 베어서 소금에 절이거나 햇볕에 말려서 가져간 것으로 되어 있다. 그러다가 나중에는 살아 있는 일반 백성의 코나 귀만 베어가는 바람에 전후에 코나 귀가 없는 백성이 많았다는 기록이 있다.

그래도 생사람을 잡아서 일본으로 끌고 갔다는 기록은 어디에도 없다. 일본의 도예 가문에서 조선에서 도공들을 잡아왔다는 기록만은 확실히 있는 것으로 되어 있다. 포로를 잡아간 기록은 없으면서 훗날 사명당이 전후의 강화회담에서 성과를 거두어 3천 5백 명의 포로를 데려왔다는 사실만은 확실한 것으로 되어 있다.

사명대사의 휴전제의

아무리 원수로 지내는 적성국가이거나 전쟁 중에라도 막후교섭은 있는 법, 전국이 처절하게 유린당하고 무참히 농락당하는 것을 조금이라도 막기 위해 사명대사는 종교인으로서 생명을 걸고 왜장들을 찾아가 화친을 교섭하기 위해서 애를 썼다. 그 결과 가등청정(가토 기요마사)과 회담을 하게 되었다. 이때 가등청정은 조선 4도를 내어놓으라고 하는 통에 회담이 결렬되었다는 기록이 있다. 수백 권이 될 만큼 방대한 임진왜란의 전쟁사 자료에서 유일하게 전쟁광 도요토미 히데요시의 속셈과 왜군들이 그렇게 잔인한 전쟁을 하는 목적과 본질이 드러나는 유일한 대목인 것이다. 5년 동안 한양의 도성에서 온갖 횡포를 부리고 경복궁을 불태워 없애고 전국을 분탕질 하는 만행을 저질렀던 연유가 사명당의 회담 결렬에서 희미하게 비치는 정도, 그것이 임진왜란의 방대한 자료인 것이다.

그렇다면 선조의 의주 피난이 일리가 있었고 명나라의 지원이 큰 역할을 한 셈인 것이다. 결국은 선조 임금이 와서 항복하고 나라를 내어 놓으라는 으름장이었던 것이다. 그렇지 않으면 조선 백성을 모조리 죽이겠다는 강력한 표방이었던 것이다. 결국은 일본이 물러간 것을 유추해보면 선조가 압록강을 건너느냐 마느냐의 갈림길에서 결과론적이기는 하지만 그렇다면 당연히 선조는 강을 건너고 어쨌든 살아 있어야 했다는 것이 맞는 이치인 것이다.

우리 역사에서 선조 임금을 야비한 겁쟁이로 묘사하고 있는데 일본의 속셈을 간파한다면 선조의 처신은 옳았고 온 나라가 만신창이가 되었지만 그래도 나라를 빼앗기지는 않았다. 그것은 어쨌든 선조가 살아 있고 항복을 하지 않았던 결과였을 것이다.

일본의 이총

일본의 옛 수도였던 교토에 있는 이총을 정유재란 때 사천 전투에서 패한 조명 연합군 전사자의 코나 귀를 베어서 왜군들이 전과물로 가져간 것을 그렇게 죽은 자들의 영혼을 위로해 주는 의미에서 모아서 무덤을 만든 것이 이총이라고 한다.

도요토미 히데요시의 지시에 따라 포상을 받기 위해서 죽은 자나 죽인 자의 이비耳鼻를 가져가야 하나 산 자의 이비도 베어 가는 통에 전후 조선 백성들 중에는 코나 귀가 없는 사람도 더러는 많았다고 한다.

아무튼 정유재란 때 가져간 이비가 산더미 같았다고 한다. 과연 그럴까?

이 대목에서 임진왜란에 대한 견딜 수 없는 의혹감을 느낀다. 도대체 왜 풍신수길은 조선 백성을 많이 죽이라고 했는가이다. 그 증거를 알기 위해서 이비를 가져오라는 명령은 이해가 가지만 왜 새삼 정유재란 때에 와서야 그런 명령을 내렸다는 것도 납득이 가지 않는다.

임진왜란은 시작과 끝이 없다

　임진왜란의 시작은 20만의 왜군들이 몰려와서 '명나라를 칠 것이니 길을 비켜 달라'였고 끝은 '풍신수길이 죽었다' 밖에 없다. 결과는 우리나라에는 왜군의 침략에 관한 무수한 역사적 사실을 남겼고 일본에는 이총만 덩그러니 있을 뿐이다. 그러니까 마음대로 쳐들어왔다가 마음대로 전쟁을 끝냈다는 것이다. 엄청난 역사적 사실에 관해서, 엄청난 민족적 피해나 상처에 관해서 아무런 교훈이 없다는 것이다.

　2백만 명 이상의 인명 손실에 관한 기록이 없다. 기껏 대첩에서 수만 명의 인명이 살상 당한 기록 밖에 없다. 그러면서 전후 강화회담에서 아무 징후나 흔적, 기록도 없었던 포로를 수천 명 데려왔다는 것으로 그것도 도술을 부려서 데려왔다는 것으로 끝이었다.

임진왜란의 진실에 관한 가설의 상상

노예사냥 전쟁

섬나라 일본은 지형적 특성상 항해술이 발달할 수밖에 없고 그 앞선 해상 기술을 이용하여 왜구라는 해적질로 동남아시아 일대를 선사시대부터 괴롭혀 왔다. 해적이란 원래 바다 가운데서 선박을 상대로 하는 강도짓인데 왜구의 특징은 해안 마을을 공격하여 약탈해 가는 것이다. 도둑이나 강도라면 비인간적 성격에 적극성을 의미한다. 그런 적극성을 유지하기 위해서는 신체를 단련하고 무술을 연마해야 한다. 그 무술이 검도인 것이다. 왜구들은 모두 항해술과 검도무술이 뛰어난 각개부대의 군사들인 것이다.

이 각개부대의 군사들을 도요토미 히데요시가 전국시대를 통일하여 그 힘을 모으니 들개 같은 왜구들의 힘을 주체할 수 없었던 것은 사실일 것이다. 그 무렵 마침 서양의 조총을 입수하여 만들게 되었다. 무엇이 급했는지 모든 왜군들에게 조총이 지급되지 못한 채 조선 침략의 길에 나섰다고 한다.

조총은 따지고 보면 화약을 이용한 무기로서 그 시대로 볼 때는 가장 기동성이 뛰어난 신무기라고 할 수 있을 것이다. 대포도 있었고 천자, 현자 등 총통도 있었다. 총통은 미니대포라 할 수 있을 것이다. 조총은 개인 휴대용 무기로서 활이나 칼에 비하면 그 효용성이 월등히 뛰어난 신무기라 할 수 있을 것이다.

일본은 조총을 만드는 과정에서 서양을 접하게 되었고 세계사의 흐름이 대륙의 시대에서 해양의 시대로 전환되는 시기에 일본의 해양문명이 서양을 만나면서 순풍에 돛을 달게 되었던 것이다. 1522년 포르투갈의 마젤란은 세계 일주를 하다가 필리핀의 원주민에게 독화살을 맞고 죽었다. 그의 옷을 가지고 본국에 돌아감으로써 최초의 세계일주 완성자로 인정을 받았다. 이때까지만 해도 서양에는 조총이 없었다. 그러니까 16세기 초엽에는 조총이 없다가 중엽에는 조총이 등장한다. 가고시마현 앞바다에 있는 섬에 표류한 포르투갈인 3명에게는 각자 한 자루씩의 조총이 손에 들려 있었다.

도요토미 히데요시의 야심

포르투갈인 3명이 일본 앞바다의 섬에 표류하게 된 동기는 포르투갈이 인도양의 제해권을 가졌기 때문이었다. 육지의 실크로드가 막히자 바다를 통하여 동양에 접근하고 후추 무역의 선두주자가 된 포르투갈인들의 동양의 여러 나라 개척활동이 왕성하던 때였다.

그러나 금방 서양의 황금알을 낳는 조미료가 후추에서 설탕으로 바뀌게 된다. 콜럼버스의 신대륙 발견 이후 거의 1세기가 지나는 과정에서 조총이 만들어지고 신대륙과의 왕래와 무역이 일상화 되면서 조미료도 후추에서 설탕으로 바뀌었다. 중남미의 신대륙에서 생산되는 설탕이라는 환상적인 조미료의 맛은 이후 유럽의 역사와 문명을 완전히 바꾸어 놓게 된다.

총과 설탕으로 인하여 노예제도가 생기고 그로 인하여 아프리카 흑인들은 노예의 사냥감이 된다. 조총을 만드는 과정에서 일본은 서양과 접하게 되고 서양의 노예사냥에 관한 정보와 흥미를 갖게 된다. 그러다보니까 총의 발명과 유래는 전쟁을 위한 것이라기보다는 인간사냥에 쓰이는 것으로 먼저 출발하게 된 셈이다.

서양사회의 정보를 알게 된 도요토미 히데요시는 조총을 전쟁에 이용하는 야심을 갖게 된다.

서양은 아프리카 흑인을 사냥하여 노예를 만들어서 신대륙의 설탕농장에 투입한다. 그것으로 막대한 부를 축적한다. 일본의 왜구 근성을 더 발전시키면 원정 가서 물자를 빼앗아 올 것이 아니라 사람을 잡아와서 노예를 만들어서 일을 시키거나 물자를 만들면 서양 사람들보다 더 현명한 생각이 아니냐 였을 것이다. 그 생각을 조선인의 노예사냥으로 출발한 것이 임진왜란이었다.

노예전쟁의 증거

무자비한 학살

첫 전투인 부산진 전투에서 정발 장군이 포로로 잡혔다. 사정없이 조총으로 쏘아 죽였다. 항복하고 무장해제 하면 함부로 인명을 살상하지 않는 것이 전쟁의 관례다. 그런데 왜군은 사람을 잡아가기 위한 것이 목적이기 때문에 우두머리나 양반층, 또는 잡혀가기를 거부하는 사람은 모조리 죽였을 것이다. 그러니까 끌고 가 노예로 부려먹기 거북한 사람은 이유 불문하고 모조리 죽였다는 말이 되는 것이다.

동래성 전투에서 송상현 부사는 의관정좌하고 의연하게 양반답게 왜병의 칼을 받았다. 기록에는 군관민 3천 명이 다 죽고 마지막으로 처형된 것으로 되어 있으나 사실은 사태가 불리함을 알고 성 안의 백성들을 살리기 위해서 먼저 나서서 백성을 살리는 조건으로 처형을 당한 것일 것이다. 그러나 왜군들은 약속을 기만한 채 모조리 다 끌고 가다가 끝내 거부하는 자는 어린아이 할 것 없이 다 죽이는 인종 청소를 단행한 것이라고 보는 것이다.

진주성 전투에서는 첫 전투의 패배에 대한 앙갚음으로 3만 명을 도륙한 것도 사실일 것이다. 여기서도 어떤 기록에는 그 당시 진주성 안에는 5만 내지 6만 명의 군관민이 있었다는 설도 있었다. 그러면 나머지는 모두 일본으로 끌려갔다는 이유가 되는 것이다.

조헌의 7백 의총에서 보듯 의병이든 어떻든 전투요원은 이유 불문 다 죽었다고 보는 것이다. 끌고 가 노예로 써 먹지 못할 인간은 모두 쓰레기 처리한 셈인 것이다.

인질 생포

부산에 상륙한 지 불과 채 두 달 남짓 만에 한양을 함락한 왜군은 여세를 몰아 평양성을 함락하는데 성공했으나 명나라의 개입으로 평양에서 물러나 한양으로 돌아왔다. 명의 장수 이여송은 이 핑계 저 핑계를 대면서 더 이상 남하하지 않고 왜병들을 한성에서 쫓아낼 기미를 보이지 않았다. 그 사이 왜군들은 한양을 분탕질하면서 조선의 고위 기술자들을 마구 잡아 일본으로 보냈다. 이듬해 진주성 공격을 위해서 소서행장, 가등청정 등 주력 부대들이 남하하면서 수많은 기술자와 민간인 포로들을 압송해 김해 낙동강에서 일본으로 보내놓고 진주로 집결했다. 진주성을 함락한 이후로는 간혹 나타나는 의병들의 횃불을 제외하고는 조선 천지에서 거

칠 것이 없었다. 왜군들은 전국을 샅샅이 뒤져 잡히는 대로 끌고
갔다.

도공들의 후예들

역사의 기록에는 일본이 뒤떨어진 도자기 기술을 조선의 도공
들에게 얻기 위해서 도공들만 별도로 잡아간 것으로 되어 있다.
어림없고 왜곡된 논리인 것이다. 목공, 도공, 철공, 유생, 농민, 하
인, 종, 천민 등 닥치는 대로 잡아가 필요에 따라 부려먹었을 것이
다. 그러다 보니까 도공들은 마침 일본의 도예가문에서 환대를 받
았다는 것이다.

이삼평, 심수관 등 한국인의 혈통으로 일본인이 되어 도예 명문
가로 이름이 알려진 도공들이다.

사명대사의 강화회담

　임진왜란 7년 동안 조선 전 국토를 왜군들이 종횡무진 활개를 치면서 횡포를 부리고 인명을 살상하고 이비를 잘라 갔다는 기록이나 이야기는 많이 전해져도 조선인을 잡아갔다는 기록이나 전하는 이야기가 전연 없다. 그런데도 사명대사는 전후 강화회담에서 포로를 3천 5백 명을 외교적 수완을 발휘해서 데려왔다는 이야기는 전설로 회자되고 있다.

　잡아가지 않은 포로가 어디서 나왔을까? 전후 200만 명 이상의 인명 손실이 있었다는 것은 무엇을 의미하는 것인가? 바로 대부분의 민간인은 포로로 잡아갔을 것이라는 가정인 것이다. 왜? 노예로 부려먹거나 팔아먹기 위해서인 것이다. 대신 병사나 의병, 장군들이나 양반, 벼슬아치들은 철두철미 죽였다는 것이다. 왜? 노예로 이용하기에는 부적절하다는 생각이었을 것이라는 것이다. 잡아간 포로들은 노예라는 표시의 의미로 귀나 코를 베었다는 것이다. 그 수백만의 코나 귀를 모아서 무덤을 만든 것이 일본에 있는 '이총'이라는 것이다.

　정유재란 때 조명연합군 전사자의 이총만이 아니라는 것이다. 따지고 보면 일본에 있는 이총은 임진왜란 시 조선인 500만 명 학살의 상징이나 흔적으로 해도 무방할 것이다.

조선인 사냥이 목적이었다

평양성을 함락한 왜군은 곧장 압록강을 건널 기세로 의주에 파천한 선조 임금을 잔뜩 긴장시키더니 우리의 응원군 명나라 군을 만나더니 명을 친다는 명분은 어디가고 금방 후퇴하고 말았다. 굳이 명나라와 싸울 이유가 없었기 때문이다. 명의 장수 이여송은 무슨 심보였는지 왜군을 쫓아낼 기미를 보이지 않고 마냥 평양에 머물고 있었던 것이다.

이때 왜군은 아마 명의 장수와 밀약을 했음이 확실한 것이다. 명과 싸울 이유가 없고 금방 조선에서 물러갈 터이니 잠시만 기다려 달라는 밀약이었을 것이다. 그 사이에 왜군은 그들의 목적인 조선인 노예를 사냥해 가면 되는 것이었다. 이여송은 싸우지 않고 공적을 내세울 기회였던 만큼 굳이 군사를 잃어가며 싸울 이유가 없었던 것이다.

울진 성류굴의 비극

왜군들이 조선인을 사냥하기 위해서 전국의 시골까지 샅샅이 뒤졌다. 피란은 아득한 옛날부터 우리 민족의 숙명의 말인 것이다. 어떻게 하든 피해서 도망가고 숨어서 잡히거나 발각되지 않아야 했던 것이다.

그때도 마을 사람들은 집단으로 전 가족이 다 성류굴에 숨었다. 그것을 낌새 챈 왜군은 굴 입구를 막아버렸다고 한다. 근세에 성류굴이 개발될 때에는 수많은 인골이 나왔다고 한다.

성류굴의 비극은 극히 일부의 예에 속할 것이다. 전국이 초토화되다시피 왜군들의 야만적 만행은 이루 말할 수 없었던 것이 임진왜란이었음이 확인되는 것이다.

식민지 전쟁

일본이 임진왜란이라는 노예사냥 전쟁을 한지 300년 만에 이번에도 서양의 못된 것을 답습하는 전쟁을 일으켰다. 그것이 우리나라의 식민화였다. 민족말살정책과 동시에 우리 역사의 왜곡과 임진왜란의 조작과 증거인멸을 철두철미하게 시행했다. 그 증거로 역사적, 민족적 우리의 철천지원수인 도요토미 히데요시를 영웅으로 만들어 놓았다는 것이다.

일본은 지금도 수많은 인류의 인명을 살상한 전쟁범을 영웅으로 추대하여 그들의 신사에 모셔놓는 못된 풍습을 갖고 있다.

일본은 서양의 나라들이 원주민을 노예로 사냥해서 산업생산이나 생활의 도구로 이용하는 것을 보고 그대로 따라한 것이 임진왜란이다. 그러다가 서양의 나라들이 신대륙을 식민지화 하다가 동양의 후진국까지 식민지화를 위해서 경쟁하는 것을 보고 뒤늦게 근대화해서 서양을 본받은 것이 우리나라를 식민지화 하는 일이었다. 같은 후진국으로 쇄국하고 있다가 조금 먼저 문을 연 일본에게 우리는 어이없게도 당하고 만 것이 일제시대인 것이다.

임진왜란과 천주교

일본에는 16세기 중엽 서양의 조총기술과 함께 천주교도 들어
왔다. 한국 침략에 동원된 왜군들 중의 상당수가 천주교 신자였고
서양 신부까지 왜란에 참여하여 종군기자처럼 왜란의 상황을 상
세히 교황청에 보고한 기록이 있다고 한다. 당시 서양의 시대상황
은 종교혁명으로 인하여 신교인 교회가 번창하고 구교인 가톨릭
은 신천지인 신대륙과 동양의 여러 나라에 포교와 활로를 모색하
고 있는 중이었다. 일본에 끌려간 우리 동포 노예들이 적어도 2천
명 이상이 천주교 신자로 세례를 받았다고 한다. 우리 동포의 신
자 확산을 막기 위해서인지는 몰라도 전후 일본은 갑자기 천주교
박해를 시작했다. 그러면서 서양 신부들을 모조리 국외로 추방시
켰다. 이때 추방된 서양 신부들은 대부분 중국으로 가 중국과 서
양과의 교역과 문화교류에 역할을 하면서 포교를 하였다.

일본에 끌려간 동포들 중의 유명한 천주교 신자가 있었다. 조선
침략의 선봉장인 소서행장의 집에 양녀로 있다가 나중에 천주교

세례를 받은 성녀 쥬리아였다. 성녀가 된 쥬리아는 소서행장의 수청을 거절했다. 아마 박해와 추방을 면하기 위한 소서행장의 제의였을 것이다. 그러나 쥬리아는 당당하게 거절하고 우리 동포 포로들의 신자들과 함께 어느 섬으로 귀양 가서 거기서 성처녀로 일생을 마쳤다고 한다.

근년의 뉴스에는 이탈리아에서 조선인 노예 후손이 살고 있다는 소식이 있었다. 임진왜란 시 끌고 간 조선인을 일본이 유럽인들에게 팔아먹은 흔적인 것이다. 그런 사람이 한두 사람이었을까. 황폐화시킨 조선의 전승물로 끌고 간 포로를 노예로 팔고 짐승 취급을 한 일본의 악마적 만행을 생각하면 소름이 돋는다. 지금도 일본인들 중에는 아니면 거의 대부분이 한국인을 우습게 여기고 매우 얕잡아보며 업신여기는 사람이 많다고 한다. 왜놈, 왜구라는 이름으로 우리나라 사람들에게 무시당한 것에 대한 반감도 있었겠지만 임진왜란을 계기로 한국 민족을 노예로 삼은 이후의 일본인의 의식의 변화라고 봄이 마땅할 것이다.

일본 유학의 원조는 퇴계 이황이다. 유학도 도자기와 함께 우리나라에서 잡아간 유생들에게서 전수된 것이다. 유학과 도자기를 끝으로 대륙의 문명이나 문화가 일본으로 가지 않았다. 조총을 비롯해서 모든 문물이 일본에서 조선으로 역류하기 시작한 시대적 전환기도 임진왜란인 것이다. 그렇게 당하고도 3백년 후에 또 일본에게 나라를 빼앗겨 비참한 민족이 되었고 그 후유증이 아직도 아물지 않은 상처로 남아 있다. 조상숭배사상으로 선산, 족보, 제사 등 대단한 조상의 얼을 섬기는데 정성을 다하는 민족이면서 정작 나라의 위기에 관해서는 너무나 무책임한 민족이 우리 민족이 아닌가 염려스러운 것이다. 개인의 조상보다 국가 공동체가 가르치는 교훈에 더 귀를 기울여야 하는 것이다. 우리 후손들은 임진왜란이나 일제 강점기 같은 선조들의 경종의 가르침에 소홀해서는 절대 아니 될 것이다.

Chapter
07

학문의 사팔뜨기

인류학의 과오

모든 학문은 모름지기 인류문화 창달에 기여하고 인류의 복지 증진에 공헌하는 쪽으로 발전하고 확장되어야 할 것이다. 동서양을 막론하고 인류는 고대국가에서부터 문자가 발명되고 그럼으로써 책도 만들어지고 나름대로 학문도 발전되어 왔다. 15세기 르네상스로부터 시작되는 서양의 근대학문의 발아는 18세기 학문의 중흥기를 거쳐 19세기 후반에서 20세기를 넘어서면서 학문의 꽃을 활짝 피웠다.

역사시대를 기준으로 해서 역사 이전의 인간의 혼적을 탐구하는 학문이 고고학이라면 찰스 다윈의 진화론에 입각해서 인간 자체의 연구라든지 인류 문화를 연구하는 학문이 인류학이다. 최초의 인류가 호모 사피엔스라든지 크로마뇽인이라든지 하는 단어들은 다 인류학에서 나온 말들이다.

인류학은 점점 분화되어 인간의 골격, 뇌, 피부 등의 연구와 인종, 언어, 문화, 풍습, 민족의 특성 등 인류 생존의 전반에 걸쳐 알아보고 변화 추이를 연구하는 등 다양한 형태의 학문이 되었다. 문제는 이 인류학이 엄청난 재앙을 가져올 만큼의 오류를 범한 것이다. 그 엄청난 오류의 결과로 나타난 것이 세계 2차 대전 때 독일 나치 히틀러의 유태인 학살이었다.

아프리카 원주민의 비하

　서양 역사에서 근대 학문의 출발은 15세기 르네상스로 본다. 각 분야 학문의 근원은 그리스, 로마시대에 있었지만 중세시대 종교의 잠에 빠져 있는 동안 명맥을 잃어버렸다. 동시에 이슬람제국의 팽창으로 동서양 교역의 통로였던 실크로드가 막혔다.

　르네상스를 통해서 휴머니즘이 일어나고 종교개혁과 지리상의 발견 등으로 유럽 역사는 기지개를 켜고 활동을 시작했다. 그러나 실크로드는 막혀 있었다. 때마침 나침반이 발명되었다. 그래서 어떻게 하던 해상을 통한 동양과의 교역로를 뚫어보자는 것이 세계사에서 대서양 해양문화의 시작이었다.

　그리스, 로마의 지중해시대에서 이베리아 반도의 스페인, 포르투갈의 대서양시대로 넘어가는 계기가 되었다. 중동을 통한 육지의 실크로드를 통하지 않고 인도양을 통해 동양을 가자는 심사였다. 그러자니 아프리카 남단의 희망봉을 돌아야 하고 동시에 아프리카인들과의 교류가 빈번해질 수밖에 없었을 것이다.

문제는 여기서 유럽인들의 아프리카 흑인들에 대한 인식의 문제였다. 진화론에 입각하여 인류의 기원을 유인원으로 보았다. 고릴라, 침팬지, 오랑우탄 등의 동물들을 인간과 같은 류의 유인원으로 분류하고 원주민인 흑인을 유인원과 백인 사이의 진화 단계에 있는 인간으로 간주했다. 흑인을 거의 동물 취급했다는 것이다. 호주나 남북 아메리카 등의 신대륙에 살았던 인디안 등의 원주민에 대한 인식도 별반 마찬가지였다는 것이다. 인류학자들이 흑인들이나 원주민들의 뇌 구조나 지능을 연구해 본 결과 유인원인 동물들보다는 높지만 결코 백인들과 같은 문화인류는 될 수 없다는 결론을 내렸다는 것이다.

19세기 중엽 영국의 선교사 리빙스톤이 아프리카 내륙을 탐사했다. 이때도 리빙스톤이 노예로 끌려가는 많은 흑인들을 구해내기는 했지만 백인과 같은 동등한 인간으로 인식하지 않고 있었다는 증거가 그의 기록이나 영국의 아프리카 식민지 정책 등의 곳곳에서 드러나고 있는 것이다.

유태인에 대한 인식

　미국 뉴욕의 어느 많은 식구의 가정에서 세례모니를 하고 있었다. 순 밀가루만으로 만든 작고 빈약한 과자를 식탁에서 돌리고 있었다. 우리가 흔히들 알고 있는 3천 년 전 탈 애굽기에 나오는 모세의 기적에서 모세와 그들의 조상들을 기억하기 위한 의식이었다.

　이집트의 노예생활에서 탈출하기 위해서 급하게 식량을 준비하느라 제대로 된 빵을 만들 여유가 없어서 그렇게 빈약한 비상식량을 가지고 홍해를 건넜다는 것이다. 모세의 기적은 유태인들에게는 역사적 사실인 것이다. 현재도 그 역사적 사건을 잊지 말자는 의식이고 또 그 의식을 실천한다는 것이다.

　구약의 성경은 유태인 민족의 완전한 역사는 아니고 민족 신화에 가깝지만 대충의 유태인들의 역사서로 치부될 수도 있을 것이다. 모세는 동족을 이끌고 가나안의 땅 예루살렘에서 나라를 건설하였다.

서력기원의 연원도 예수 크리스트의 탄생부터 시작한다. 예수가 종교를 일으키고 희생될 때는 이미 이스라엘은 로마제국에 의해서 멸망되었다. 그때부터 유태인들은 유럽 전역에서 유랑민족으로 떠돌이 생활로 살았다. 근 2천 년간 나라를 잃고 터전이 없으면서 민족의 뿌리나 동질성을 한결같이 유지하면서 이어온 민족은 유태인들 밖에 없을 것이다.

유럽에서의 유대민족의 박해와 설움

유럽 역사에서 대로마제국의 번영은 결국은 중세의 종교시대로 깊이 잠이 들었다. 그 잠든 틈을 타서 7세기 무렵 중동의 아랍권에서는 마호메트가 일으킨 이슬람교가 발흥하고 그 기백을 이용한 오스만 터키가 지중해권의 전 유럽을 휩쓸었다. 유럽인들의 성지인 예루살렘도 이슬람교의 성지가 되었다. 근 5백년 가까운 오스만 터키의 유럽 지배는 결국은 예루살렘의 성지 탈환을 위한 종교전쟁으로 이어졌다. 예루살렘의 성지를 중심으로 아랍권에 의한 유태인들의 대량 학살이 있었다. 12세기, 13세기의 근 200년에 걸친 종교전쟁은 시작되었다. 십자군 전쟁이었다. 이때의 유태인들의 학살도 뿌리박힌 나라가 없는 민족으로서의 설움과 피해였을 것이다. 그 증거가 셰익스피어의 문학작품에서 여실히 드러난다.

셰익스피어는 영국의 희곡 작가로 16세기 후반부에서 17세기 초반의 인물이다. 이 시기는 중세에서 탈피한 유럽이 르네상스의 상징인 휴머니즘 즉 인문주의가 활짝 꽃피는 시대였다. 그것은 문학과 연극에서 나타났다. 셰익스피어의 작품 '베니스 상인'에서 유태인인 고리대금업자 샤일록은 악마의 화신으로 등장한다. 특히 문학작품의 표방인 권선징악의 교훈에서 유태인을 악마의 상징으로 등장시켰다는 것은 그만큼 뿔뿔이 전 유럽에 흩어져 살았던 유태인들에 대한 유럽인들의 인식이 매우 좋지 않았음을 의미하는 것이다.

우리나라도 연전에 중국집의 상징인 화교에 대한 인식이라든지 비단장수 왕 서방의 땅호야 등을 상기하면 이민족의 타국 땅의 삶을 대충 짐작할 수 있을 것이고 그것을 수 천 년 이어가기 위한 생존의 처절함과 치열함을 가늠할 수 있을 것이다.

유태인들의 생존법

유럽에서 부평초 같이 뿌리내리지 못하고 떠도는 민족으로 집시와 유태인이 있었다.

집시들은 지금도 자리를 잡지 못하고 결국은 독자성은 없어질 것 같고 유태인들은 세계 2차 대전 이후 가까스로 이스라엘을 건국하여 주변의 아랍국들과 치열하게 싸우고 있다.

두 민족은 그들이 사는 주변의 국민들과 잘 어울리지 못하고 물과 기름처럼 항상 분리되고 융합성이 없었다. 집시인들은 도시 변두리의 하류민으로 사는데 비하여 유태인들은 도시 중심부에서 상권을 휘두르고 부자로 살았다. 그러니까 본토 민들의 질시의 대상이 되었다. 이질 민족이 도시의 중심부에서 경제권을 휘두르고 잘 살면서 그 나라나 그 국민에게 아무 공헌도 하지 않는다면 질시하지 않고 그냥 방관할 국민들은 없을 것이다. 유럽 전역에서 유태인들은 그랬다는 것이다. 그러니까 유럽 어느 나라에서나 공적의 대상이었다는 것이다. 소속국에 아무 도움도 안 되고 돈만

챙기는 모리배 민족으로 낙인이 찍히고 말았다.

그러나 유태인들은 그들의 정체성을 유지하면서 생존을 이어가기 위해서는 어쩔 수가 없었다. 정신적 일체를 위한 그들만의 유대교, 정신적 세대와 동질성을 이어가기 위한 '탈무드'라는 교육법, 언제든지 이동하고 삶의 터전을 옮겨도 쉽게 가져갈 수 있는 재산, 즉 보석에 대한 집착 등으로 그들만의 독특한 삶의 방식을 견지하고 있었다.

인류학자들의 공공의 적

유태인들이 정체성을 유지하기 위해서 그들 나름의 독특한 삶의 방식을 견지하는 것까지는 좋은데 그것은 어디까지나 그 나라 국민의 공동체의 삶에 도움이 되는 방향이어야 하는 것이다. 그렇지 못한 유태인들만의 독특한 삶의 방식은 민족성을 연구하는 인류학자들의 연구대상이 되었다. 서양 종교라고 할 수 있는 크리스트교의 본산이 유대교고 유태인인데 비하여 중세의 천 년을 지나오면서 유럽의 각 나라에 흩어져 살았던 유태인들이 종교적, 사회적, 인간적으로 주변의 민족들과 어울리지 못하고 밥 속의 돌처럼 없어야 하는 이웃으로 살면서도 그런 것을 내적으로만 뭉치고 단결했던 유태인들의 사고방식도 이해가 가지 않는 대목인 것이다. 불교가 인도에서 발생했지만 정작 인도는 힌두교를 믿는 것이나 같은 현상이라 할 수 있을 것이다. 셰익스피어가 연극에서 유태인을 악마로 내세웠다는 것은 유럽 전역에서 이미 환영받지 못하는 미운 오리새끼로 전락했다는 말도 될 것이고 그런 가운데 나라 없는 부랑 민족이라고 문학이나 예술에서 악인으로 변신시켜도 누가 항의할 자가 없고 오히려 쾌감의 대상이 되었다는 것이다. 그런 시대가 수백 년 지나오는 과정에서 근대의 민족주의가 강하게 대두되면서 히틀러 같은 민족주의 광신자의 눈에 유태인들은 손톱의 가시였던 것이다. 히틀러가 독일의 인류학자들에게 자문을 구하지 않았을 리 없고 그 외 철학자, 과학자, 예술가 등의 어용학자들을 총 동원하여 전쟁을 합리화하고 유태인의 학살과 멸족을 시도했던 것이라고 본다.

지금도 북한에서는 개인의 생명은 그렇게 중요한 것이라고 생각하지 않고 국가를 지탱하는 사회이다. 그런 북의 핵 위협 속에 우리나라 국민의 개인 생명들은 바람 앞의 등불처럼 위태하게 살아가고 있는 것이다.

천부 인권설의 등장

오늘날 민주주의에서 개인의 생명의 존엄성을 제 일의 가치로 치지만 이렇게 된 시간적 역사는 너무나 일천하다. 인간의 지혜가 발달해 가고 고조선시대의 8조금법도 있긴 하지만 순장제도라든지 봉건시대의 계급 차별로 인한 생명의 차별이라든지 현 시대의 정치적 종교적 이유 등으로 인한 생명가치의 차별성은 아직도 엄연히 존재하긴 한다.

하늘로부터 부여받은 생명의 가치는 누구나 똑 같다는 이 단순한 생각을 하는 것까지도 근세에 와서야 터득하게 된 지혜였다. 18세기 루소, 몽테스큐 등을 중심으로 한 프랑스 사상가들에 의해 인권의 본질이 생명권이라는 생각이나 주장을 하게 된 것이다.

1776년 미국의 독립선언문과 1789년 프랑스혁명은 천부 인권설의 성경과 같은 헌장이고 민주주의의 초석이 되었으며 천부 인권설을 인간사회에 적용시킨 대 업적이었다.

천부 인권설이 나온 지 200년이 지난 20세기에 와서까지도 인류학자들의 과학적 탐구나 지식은 학문 자체에만 가치를 부여했지 그 학문이 또는 연구 결과가 인류의 복지에 얼마만한 공헌을 하는가에 대한 심각한 오류를 범하게 된 것이었다. 어떤 인종의 특성이나 민족성 등이 다른 민족의 발전에 지장을 초래하거나 위해가 된다는 결론을 냄으로써 그 민족을 제거 대상으로 삼는 정책을 입안하는데 역할을 한다는 것은 말이 안 되는 짓인 것이다.

일본의 인류학자

    산업혁명의 여세를 몰고 서양의 열강들은 동양의 뿌리 깊은 전통의 나라들에게 함선을 들이대며 문을 열라고 하는 재촉에 열을 올렸다. 대원군에 의해 우리나라는 더 깊이 문을 잠글 때 일본은 쇄국의 문을 열었다. 이때가 1858년, 우리나라의 1894년 갑오경장에 비하면 불과 한 세대 정도 앞선 명치유신이었다. 그러나 일본은 그 사이에 당당히 근대화에 성공하여 서양 제국주의의 흉내를 내고 모방하는 과정으로 우리나라에 적용시켰다.

    그러므로 우리나라는 일본에 의해 빗장의 문을 열다가 결국은 일본의 속국이 되었다.

    서양이 200년 동안 해왔던 과정을 일본은 불과 반세기만에 거뜬히 해 치웠다. 그리고는 사정없이 우리 민족의 말살정책을 아주 강력하게 시행했다. 여기에 바로 서양에서 배운 일본의 인류학자들의 영향이 매우 컸다는 것을 강조하고 싶은 것이다.

    서양의 인류학에서 원주민들의 뇌 구조나 생활양식 등이 도저히 서양의 문명국 같은 문화수준을 이룰 수 없는 정도의 지능이라는 결론을 내고 또 민족의 특성에서 제거와 말살의 대상이 되는 민족도 있다는 결론을 냄으로써 일본의 인류학자들이 그것을 본받은 학문의 결론을 냈다는 데서 문제가 심각했다는 것이다.

일본의 우리나라 병합과 민족말살정책은 서양 열강의 것들보다 더 악랄했다는 것을 강조하고 싶은 것이다. 서양의 인류학자들이 아프리카 원주민들에게 적용시킨 이론을 우리나라의 국민들에게 적용시켰다는 것이다. 한국민족의 뇌 구조나 지능지수가 너무나 낮아서 결코 선진 문화민족이 될 수 없다는 인류학문의 이론적 배경 말이다. 우리 민족의 말살정책은 서양의 유태인 말살정책과 같은 맥락에서 시행된 것이었고 노예제도 또한 인류학의 학문적 이론의 배경이 있었다는 것을 주장하고 싶은 것이다.

열강들의 식민지 지배 양상

그리스, 이탈리아의 지중해시대에서 대서양시대로 넘어가면서 스페인, 포르투갈의 리베리아 반도 쪽으로 제해권이 넘어갔다. 이탈리아인인 콜럼버스의 신대륙 발견도 스페인 함선으로 이루어냈다. 그러므로 중남미의 대부분이 스페인의 전신인 에스파니아의 식민지가 되었고 포르투갈은 거대한 브라질을 식민지로 만들었다.

에스파니아의 식민지 점령과 정책은 멕시코를 중심으로 한 중남미 국가의 원주민인 본래 그 땅에 살던 인디안들에게 실로 엄청난 죄를 범했다는 것이다. 그 잔인성은 인간으로서 있을 수 없는 거의 완전한 악마였다는 것이다. 원주민들과 교섭을 하자고 무장해제를 시켜놓고는 사정없이 몰살시켰다는 역사적 사실이다. 원주민들을 인간사냥하고 얻은 결과가 중남미의 식민지였다는 것이다.

한편 영미의 식민지정책은 초기단계에는 여느 열강과 마찬가지로 조금 잔인하기도 했으나 그러나 근본적으로는 조금은 인간적이었다는 것이다. 식민지 점령 당시 원주민들과 통상을 위주로 서서히 접근해갔다는 것이다. 미국 뉴욕의 경제의 중심지 월가라는 것이 인디안의 습격을 막기 위한 방벽을 설치했다는 데서 유래된 것이라고 한다. 식민지를 힘으로 다스리는 것이 아니라 경제적 교역을 중심으로 서서히 침투해갔다는 것이다.

아마 영국은 너무나 방대한 식민지라 인간적이라기보다는 정책적 배려였을 것이고 18세기 후반 미국의 독립, 프랑스 혁명 등으로 인간의 생명권에 대한 인식의 전환이 있었을 것이다.

일본의 선택

　같은 동양의 쇄국으로 있다가 조금 앞선 문호개방으로 금방 서양을 모방하여 근대화에 성공한 일본은 서양 열강의 식민지 만들기도 모방했다. 그 첫 먹잇감이 우리나라였다.

　최근세인 20세기에 들어와서 한국을 식민지로 만들고는 그 기개가 하늘을 찔렀다. 마치 저네들이 서양 열강이나 된 것처럼 활개를 치면서 임진왜란, 왜구 등의 노략질에서 보여주었던 그들의 본성인 잔인성을 그대로 발휘했고 우리나라는 여지없는 제물이 되었다.

　일본은 식민지인 우리나라에 대하여 강온 양면성을 발휘했다. 인간적인 척 하면서 친일의 정신을 고양하다가 드디어는 민족 말살의 본격적인 야수의 이빨을 드러냈다. 우리 말, 우리 글, 우리 전통과 풍습을 없애기 위해서 혈안이 되었다. 독립투사에 대한 잔인성은 그야말로 악마였다. 식민지 국민의 생명권에 대한 비인간적 잔인성은 영미를 택하지 않고 중남미 원주민들을 무자비하게 학

살한 에스파니아를 택했다. 영미의 정책이 식민지에 대하여 산업
적 종속을 위주로 했다면 일본은 우리나라 국민을 노예로 만들었
다. 토지를 빼앗고 부역, 징병, 보국대, 위안부 동원 등 친일파를
앞잡이로 하여 야만의 만행을 스스럼없이 저질렀다.

731부대

일본인의 악마적 본성의 표본이 중국 북만주 하얼빈에 설립한 731부대였다. 이 부대야말로 인간 말종의 악마적 소행으로 인간세상에서 있어서는 아니 되는 일들이 아무렇지 않은 일상의 업무로서 자행되었다. 1932년 일본은 만주사변을 일으켜 만주에 일본의 괴뢰정부를 세웠고 만주국을 중심으로 거대한 아시아대륙 정벌의 야욕을 불태웠다. 1936년에 설립한 이 731부대는 그 야심의 선두주자의 비밀부대로 일본 육군 관동군 소속 세균전연구개발 기관의 부대였다.

인체의 생체해부 실험, 냉동실험, 생물화학무기개발, 가스실험 등 온갖 만행을 자행했다.

통나무란 뜻의 생체 실험 대상자를 일컫는 마루타는 살아있는 인체를 대상으로 하는 모든 실험의 지칭이었다. 실험의 대상자로는 중국인, 한국인, 몽골인, 러시아인 등 그 외 구속자로서 3000여 명에 달했다고 한다. 이들의 악마적 작태는 멀쩡한 사람을 마취도 시키지 않고 생체 그대로 실험을 자행했다고 한다. 그 구체적 사례는 일일이 열거하기도 소름이 끼친다.

세계 대전

식민지와 산업혁명과 자본주의는 서구 열강들의 세계에서는 서로 얽히고설켜서 경쟁과 팽창과 양극화를 비롯한 내부갈등으로 소용돌이를 치는 가운데 칼 맑스의 공산주의 이론과 사상도 발생했다. 그러다가 러시아에서는 공산주의 혁명이 일어나고 동시에 1917년 세계 1차 대전이 터졌다. 전쟁의 후유증으로 1929년 미국을 비롯한 세계 대경제공황이 일어나고 그로부터 10년이 지난 1938년에는 세계 2차 대전이 일어났다.

그러니까 19세기 말부터는 즉 일본이 우리나라를 식민지로 하고나서부터는 세계는 연이어 전쟁이 그칠 날이 없었다. 식민지 전쟁이었다. 청일전쟁, 러일전쟁, 중일전쟁 등에서 재미를 본 일본은 근대화의 늦 발주자로서 조금도 망설임 없이 과감히 세계 전쟁에 뛰어들었다. 독일의 히틀러는 또 과감히 유태인의 인종 청소를 선언했다.

미국의 독립과 프랑스 혁명을 기준으로 본다면 천부인권설의 인권사상이 나온 지 200년이 지났는데도 유럽 열강들 중에는 전연 인권사상이 내면화 되어 있지 않았다는 것이다.

일본의 서구 열강의 모방은 히틀러의 악마적 정책과 전쟁광의 기질도 그대로 적용하여 동양에서 그 야만적이고 못된 일본인의 본성을 그대로 발휘하느라 광분하고 있었다.

인류학문의 오류

　그러니까 인류학이라는 학문은 애초부터 존재할 가치가 없는
학문이라는 것이다.

　미개인이나 원주민들의 뇌 구조나 지능 등이 백인이나 선진국
국민들의 그것보다 떨어진다거나 부족하다는 연구의 이론적 결론
을 낸다는 것은 있을 수 없는 사상이며 아무 쓸모없는 가치인 것
이다. 수백 년 전부터의 노예제도의 당위성이나 합리성을 주장하
기 위한 형편없는 억지 주장이며 어용학문이라는 것이다. 어떤 민
족이 잘 났고 우수하고 어떤 민족은 없어져야 하고 전쟁을 빌미로
인종청소를 하고 인체를 실험하고 도저히 있을 수 없는 일인 것이
다. 독일이나 일본의 전쟁광의 위정자들이 유태인의 수용소나 731
부대의 인체실험의 악마적 소행 등을 할 때는 절대적으로 주변의
지식인들에 의해서 시행된다는 것임을 강조하는 것이다. 일본인
들이 서양의 좋은 점은 자기들이 취하고 안 좋은 것만 우리나라에
적용했다는 것은 미래에 일본과의 이웃하면서 살아가야 할 우리
민족이 꼭 명심해야 할 일본인에 대한 우리의 경계심이 되어야 할
것이다.

역사의 사팔뜨기

위안부 문제

　나라 잃은 민족이나 국민의 설움은 말해 무엇하랴. 남의 이야기가 아니다. 우리 자신들의 이야기다. 해방은 되었어도 분단되었고 동족상잔의 비극이 있었고 이산가족의 아픔은 아직도 계속되고 있다. 하도 많아서 아픔을 느끼지 못하다가 근년에 와서야 상처가 아물지 않아 아픔의 통증이 점점 되살아나는 사건이 있다. 위안부 문제다.

　위안부란 말도 최근에 등장한 말이고 정신대였다. 정신대 다녀온 고모와 이모가 엄연히 있었는데 그 우리 인척들은 어떻게 하고 현재 생존자 몇 명만으로 거론된다는 것은 도저히 어불성설이라는 것이다. 우리가 이모 고모하고 따르던 시절에 이런 문제가 불거졌다면 적어도 수십만 명은 사인을 했거나 집회를 했을 것이다. 그래도 돌아오지 못한 수를 상기한다면 희생과 불행의 위안부는 실로 어마어마하다는 것이다.

　하도 억울해서 무명용사의 일기나 기록처럼 무명 위안부 가족의 이야기를 미진하나마 함으로써 전국의 희생자 수도 대충은 추론이 될 것이고 또 무명 희생자들의 불행한 삶의 면면도 대충은 알게 하고 싶은 것이다. 지금도 정부에서는 일본의 기록물에만 의존하지 말고 전국에 전수조사를 한다면 아직도 그 수의 규모만은 대충 드러날 것으로 본다.

조혼제도가 생겼다

　전쟁 직후 50년대만 해도 우리나라 사람들의 생활은 오천 년 전 단군신화 때나 거의 다름없었다고 항상 강조한다. 그 이유는 자급자족시대의 생활모습이 고스란히 남아 있었기 때문이다. 그 중에서 결혼제도 만큼은 유교의 엄격한 계율로 수백 년 관습화 되었지만 고려시대의 쌍스런 근친결혼을 제외하고는 수천 년 결혼제도 역사의 흔적을 조금은 엿볼 수 있을 만큼 군데군데 남아 있었다. 중첩 실태는 다반사고 민며느리제도 비슷한 거라든지 과부의 보쌈, 결혼하고 여자의 시집을 미루는 등 여러 가지 방식이 남아 있었다.

　유교의 남아선호사상과 대를 잇기 위한 수단이라고 짐작은 하는데 확실하지는 않지만 할머니의 나이가 할아버지보다 많은 경우가 허다하게 있었다. 여자보다 남자의 조혼이 흔했다는 말이다. 그런데 일제 말기를 지나오면서 여자의 조혼제도가 거의 관습화 되었다.

그 이유는 처녀의 정신대 징발 때문이었다. 결혼한 여자는 일본이 정신대로 뽑아가지 않았다. 여자의 조혼은 정신대 징발을 피하기 위한 수단이었다. 우리들은 그 조혼의 부모로부터 태어났다. 그 후 우리들 시대에 와서는 남자가 여자보다 나이가 많아야 하는 것으로 거의 고착화 되었다.

미인들만 뽑아갔다

인간의 단점은 늙었을 때의 모습에서 한창 젊었을 때의 모습이 잘 보이지 않는다는 것이다. 그래도 찬찬히 살펴보라. 현재 생존한 정말 몇 안 되는 할머니들의 모습에서 젊은 날의 미모의 모습이 확실히 보인다는 것이다. 일제는 정신대를 닥치는 대로 또는 지원자를 뽑아간 것이 아니라는 것이다. 철두철미 전략적이고 계획적으로 전국의 미인 처녀들만 뽑아갔다는 것이다. 그 중에서 더 미인들은 일본 정부의 고위 관료들의 관기로 끌고 갔는지 팔아 넘겼는지 했다는 것이다. 그래놓고 미인 처녀들이 일본으로 돈 벌러 간 경우만 있고 위안부는 증거가 없다고 현재 일본 정부는 시치미를 뚝 떼고 철면피 짓을 하고 있는 것이다.

우리 집안의 이모도 너무나 미인이었다. 보통 아주머니들보다 키가 훨씬 컸으며 사지가 길었고 이목구비가 뚜렷했다. 애기 낳은 경험이 없어 그런지는 몰라도 엉덩이가 일반 아주머니들보다 넓지 않았다. 항상 다소곳하고 말이 별로 없었으며 단지 얼굴에 옷

음기가 좀 적을 뿐이었다. 아버지의 조실로 농사짓기 버거웠던 우리 집 일을 어머니와 단짝이 되어 힘들게 소일하는 것으로 여생을 낙 없이 살았다. 덕분에 우리 집 농사일은 순조로웠다.

집안의 고모는 구남매 중 셋째 딸로 미인 중의 미인이었다. 너무나 미인이었던 관계로 남지나해의 어느 나라나 섬으로 가지 않고 일본 본토 사령부로 끌려갔다. 그 사람들은 모셔간다고 했을 것이다. 일본 군부의 고위층들을 상대로 해서 그런지는 몰라도 돌아올 때는 돈을 많이 벌어 왔다고 하는 소문이 있었다. 해방 때는 일본 것은 돈이든 재산이든 더러운 것으로 침을 뱉는 시절이 있었다. 서울의 적산가옥을 발로 차버리고 십년 만에 후회한 지식인들이 많이 있었다. 지식인들의 사고방식이 왜곡된 것이 아니라 세상의 흐름이 왜곡되고 있었던 것이다. 하물며 일본에서 벌어온 돈쯤이야 수치의 대상으로 치부했을 것이다.

정신대의 후유증

나라를 잃은 국민은 국민이 아니라 민족이 되고 우리 민족은 일
본의 노예가 되었다.

노예가 된 우리 민족은 국민으로서 어떤 권리도 없었고 오직 의
무만이 부여되었다.

한창 나이의 남자들은 징병으로 끌고 가고 학생들은 학도병, 힘
있는 남자들은 보국대란 이름으로 주로 탄광으로 투입되었다. 살
아서 돌아오면 다행이고 죽으면 그뿐이었다. 독립투사들은 죄인
이란 명목 하에 만주 731부대의 실험용 마루타로 마취도 하지 않
은 사정없는 생체실험의 대상이 되기도 했다.

한창 나이의 여자들은 정신대로 끌고 갔다. 여자들은 살아서 돌
아와도 불행이었다. 가정을 꾸릴 수 없기 때문이었다. 현대사회의
결혼 개념은 조금은 다르기는 해도 결혼의 근본은 후세를 가지는
것이다. 후세를 못 보는 여성은 결혼의 대상에서 제외되었다. 일
생을 두고 정신대의 후유증은 남는 것이었다. 그것은 불구자로 한
인간의 삶을 완전히 파멸시키는 정말 무시무시한 죄를 일본은 스
스럼없이 저질렀던 것이다.

후유증의 증인들

광복의 해가 70년이 넘었다. 현재 살아 있는 극소수의 위안부 할머니들은 위안부 징집의 막내들로서 일제 말기에 꽃다운 나이들이었다. 그리고 장수하시는 분들로서 그래도 다행히 질곡의 세월과 일본의 만행을 가까스로 생전에 세상에 극미하게나마 알리게 되었다.

우리 집안의 고모 이모들이 우리들과 같이 기거하고 살 때에는 아무도 일본의 잔인성과 야만성에 대해서 관심을 갖지 않았고 생각도 못했다. 당연히 당사자들은 못할 것이고 주변에서 나서야 하는데 모두 다 운명론적으로 받아들이고 개인의 한과 민족의 한으로 남겼다.

지금의 위안부 문제도 결국은 당사자들이 나섰고 그것도 90년대 중반이었다. 정부에서도 여성부가 생겼고 경제발전으로 우리나라의 위상도 높아졌다.

당사자들이 간신히 목소리를 내 보았으나 어떡할거나 정말 늦었다. 우리 이모 고모들은 이미 다 돌아가셨는데 살아 있었으면 진짜 백세 안팎의 나이이고 그 근방의 연령층에 가장 많은 희생자들이 분포하는 셈인 것이다. 백 년 전만 해도 초근목피로 근근이 목숨을 부지하면서 사는 암울한 시대였고 나이만 꽃다운 10대였다. 나이 70이면 인생 고래희 시절의 사람들로서 주변의 증인들도 거의 사라진 시대에 위안부 문제가 세상에 태어난 셈이 되고 이미 많이 늦었다는 것이다. 그러나 진짜 증언의 주인공들이 아직은 몇몇이 남아 있고 우리 이모 고모들의 따뜻한 눈길로 자란 70대의 우리들이 살아 있는 한 확실한 증언자가 될 수 있다.

위안부 문제는 아직도 생생히 살아 있으며 증언의 소녀상은 전국적으로 수없이 생겨나야 할 것이다. 그것은 세계적으로 퍼지는 출발인 것이다.

일본의 진정한 반성을 기다린다

　현재 일본의 위정자들은 한국을 점령하고 식민지화 하여 한국인을 잔악하게 다스렸던 과거 위정자들의 후손들이다. 심지어 직접 후손들도 있다. 문제는 위안부는 말할 것도 없고 과거 식민지 시절의 민족말살정책과 잔인한 학정에 대하여 도무지 반성할 줄을 모른다는 것이다. 그들의 선조들의 잘못을 후손들이 사과하고 반성하는 것은 당연한 인류의 도리이다.

　그들 모두의 조상이 아닌 것이다. 한국을 침략하고 전쟁을 일으킨 당사자 몇몇이다.

　우리들의 철천지원수가 되는 그들의 조상들을 영웅시 하여 그들을 본받고 따르자는 의미로 신사에 위패를 모셔놓고 추모의식을 거행한다는 것이다. 보편적 인류의 도리에 역행하는 의식을 치르면서 일본인 고유의 관습이나 종교 같은 것이라면서 꿈쩍도 않는 것이다.

　그것은 결국 한국의 식민지배에 대한 잘못을 인정할 수 없다는 뜻이고 반성이나 사과의 뜻이 전연 없다는 의미인 것이며 기회만 되면 다음에 또 반복하겠다는 뜻도 되는 것이다.

일본의 그러한 반인륜적 태도에 대하여 같이 동맹하여 전쟁을 일으켰던 독일 국가의 태도를 본받으라고 예로 든다. 나치스당과 히틀러와 나치스기, 그 추종자와 협력자들을 전쟁범으로 엄격히 처단했다. 그리고 무엇보다도 유태인 학살에 대하여 진정한 사과는 말할 것도 없고 국가의 대표자인 수상들은 정권이 바뀔 때마다 홀로코스트를 찾아가서 사과하고 반성하고 진심으로 뉘우침을 표시한다.

일본은 독일과 반대의 태도와 행사를 취한다. 그들의 진정한 영웅과 우리나라의 숙적 원수가 되는 인물을 같은 영웅으로 칭호하며 신사에 모셔놓고 정권이 바뀔 때마다 대표자들은 신사를 참배하고 업무를 시작하는 것을 의식화 하고 있다. 그리고 해마다 연초에 신사를 참배하고 공물을 바치기도 한다. 그것을 보는 우리나라 국민들의 분통이 터지고 속이 뒤집히는 것은 아랑곳하지 않는다. 정말 알다가도 모를 이해할 수 없는 국민성이다.

신사에 합사를 하지 말고 분리 처리하여 비공식적이거나 개인적으로 우리들의 원수를 추앙한다면 별 문제가 없을 것이다. 그들의 개인 취향까지 뭐라 할 수는 없는 것이다.

대놓고 공식적으로 수상이 신사참배를 한다거나 공물을 바친다는 것은 우리나라를 모멸하는 태도인 것이다. 그럴 때마다 우리나라는 국민교육의 장으로 전 국민에게 홍보하고 민족의식과 애국심 고취의 자료로 활용해야 할 것이다.

일본의 이중적 태도

세상의 모든 전쟁은 선전포고를 한다고 하지만 그 선전포고는 항상 기습공격이었다.

1904년 러일전쟁 시 일본의 기습공격과 북한의 6·25 침략도 그랬고 일본의 1941년 진주만 공격도 그랬다. 진주만 공격은 미국과의 선전포고였다. 미국의 대서양 함대는 당시 유럽에서 독일과 싸우고 있었고 미국 서부 해안의 태평양 함대는 일본과의 전쟁 기미를 감지하고 함대를 하와이로 전진배치하고 있었다.

진주만 공격은 전쟁 시작의 본질과 일본인들의 잔인성을 여실히 보여주는 공격이었다.

가미가제 특공대 이야기다. 가미가제는 인간을 전쟁무기의 도구로 이용하는 것으로 비행기폭탄에 조종사도 함께 함몰하는 작전이다. 일본은 가미가제를 일본인 기질의 특성이라고 자랑하면서 전쟁을 수행했다. 여기에 한국인의 꽃다운 나이들도 포함되어 있다고 한다.

당시 일본의 경제능력이랄까 전쟁수행능력은 미국의 십분의 일밖에 되지 않았다고 한다.

그런데도 미국은 일본인들의 가미가제 정신에 바짝 졸았음이 여실히 나타나는 증거로 우리나라의 분단과 관련되어 있음을 상기해 두는 바이다.

최근에 일본은 패전국의 억울함만 가진 채 지내오다가 미국의 진주만 공격에 대해 사과했다. 한국의 위안부에 대한 사과의 기미는 전연 보이지 않는다. 그러면서 일본은 세계 최초 원폭투하의 피해에 대한 억울함만 호소해 오다가 진주만 공격에 대한 사과를 마지못해 하고나서는 미국 대통령 버락 오바마로부터 일본 히로시마 원폭 피해에 대한 사과를 받아냈다.

일본인의 한국인 멸시태도

어느 나라 어느 민족이나 타국과 타민족에 대한 거부감이나 경멸에 대한 제스처나 언행이 있다. 특히 이웃나라에 대한 것은 더 심하고 오래 묵고 긴 뿌리를 가지고 있다.

중국인을 하대하는 표현으로 떼 놈, 대국 놈들, 오랑캐, 비단장수 왕 서방, 요즘 와서는 자장면의 중국말인 짱께로도 표현한다고 한다. 일본인을 업신여기는 표현으로 왜놈, 왜구, 쪽발이, 게다짝, 훈도시 등이 있다. 이 중 왜놈과 쪽발이가 대세를 이룬다.

중국은 본래 중화사상을 가진 사람들로서 변방의 민족들을 오랑캐라는 말로 무시하는 경향이 있다고 역사적으로 이미 보편화되어 있지만 직접적으로 우리를 어떻게 하대하는 표현을 저들끼리 쓰는지 잘 알려져 있지 않다.

일본이 우리를 무시하는 조센징이라는 표현은 우리나라가 일본의 식민지가 되면서 우리 선조들은 대놓고 들으면서 박대를 당하고 살았고 요즘도 거리행진을 하면서 공공연히 구호를 외치는 용

어로 한국인 멸시의 대표적 표현이다.

역사적으로 보면 일본이 우리를 무시할 입장이 아닌 것이다. 우리는 오래 전부터 유교문화의 정착으로 사회적 도덕윤리가 확립되어 있었다. 그러나 일본은 임진왜란 때 퇴계 이황의 유학사상을 가져가 유교 도덕윤리사회 확립에 매진했으나 뿌리를 내리지지는 못했다.

식민지시대 일본인들이 우리 주변에 얼씬거릴 때는 그야말로 들개 무리라는 오랑캐의 습성 같이 막무가내고 경망스럽고 요들갑을 떠는 형편없는 인종 같았다. 게다짝을 짝짝 끌고 걷지를 않나 여름철에는 훈도시라는 것을 차고는 아랫도리를 내놓고 함부로 거리나 어른들 앞을 마구 활보하는 꼴은 우리나라의 전통적 관습에 견주면 인간의 행동이나 도리가 아니었다. 일본이 섬나라인 만큼 섬 주변의 바위를 오르내리면서 활기차게 사는 물개 떼의 모습 같았을 것이다. 실제로 일본 민족의 본성의 출발점이 바다이기 때문에 가능한 상상인 것이다. 선사시대부터 왜구는 우리 역사에서 가장 골치 아픈 사회문제였다.

임진왜란 이후 17세기부터 민족 무시의 흐름이 바뀌었다. 임진왜란을 통하여 우리나라 사회질서는 일본에 의하여 분탕질 당했고 일본으로 끌려가 노예가 되어 민족의 존엄이 파괴되었다. 그리고는 거대한 문화의 흐름이 대륙에서 해양으로 바뀌었다. 중국에서 오던 문화가 일본의 서양문물의 선 접수로 일본이 앞서기 시작한 것이다. 그러나 우리는 여전히 일본을 업신여겼다. 그러다가 300년 후에 결국은 일본의 식민지가 되고 말았다.

식민지를 만들어 우리나라에 와 보니 인간적 도덕윤리는 매우 엄하고 확립되어 있었으나 사람 사는 환경적 위생 면은 너무나 더럽다는 생각을 하게 된 것이다. 즉 일본은 서양 사람들의 목욕문화를 이미 정착시키고 있었던 것이다. 중국은 요즘 와서 목욕문화가 정착되고 있는 것으로 안다. 일본 사람들이 우리나라 사람들을 보았을 때 맨 먼저 느끼는 것이 더럽다는 것이었다. 그것은 결국은 문화의 후진성이고 민족의 후진성이며 민족의 경멸의 대상으로까지 확대된 것으로 보는 것이다.

요즘에 와서 사라졌지만 대 청소의 날이니 청소주간이니 하는 청소에 관한 모든 것은 일본 정부가 식민지 한국민을 계몽하기 위한 수단의 한 방편이었다는 것이다.

1923년 일본의 관동 대지진 때 동경에서는 한국인이 불을 질렀다는 핑계를 대며 한국인들을 무참히 학살했다. 민족말살의 실천이었다.

지금도 일본으로 시집간 원로 여성들의 시집살이는 우리나라 전통의 혹독한 시집살이처럼 엄격하고 짜여진 계율 하에 모진 생활을 하는 것을 보았다. 과거 식민지 국민에 대한 차별이랄까 무시 같은 것을 엿볼 수 있었다.

동방의 등불, 희망의 등불

해방의 대지에 바람의 회오리가 심했다. 분단의 조짐은 결국은 피를 흘리고 깊은 상처만 남긴 채 기진맥진하여 그대로 갈라진 채 주저앉고 말았다. 함부로 할 수 없는 이념의 바람, 그 바람이 휩쓸고 지나간 자리에 우리들은 망연자실하여 앉아 있었다.

맨바닥 교실이었다. 창문도 교탁도 없는 교실, 보자기만한 검은 칠판 하나가 삼각다리를 하고 서 있었다. 해방된 지 10년 만에 겨우 자리 잡은 교육의 방향과 이념의 안착, 우리들은 그 시작점과 출발선에서 학교랍시고 다니면서 항상 기가 죽어 있었다.

4학년이 되어서야 퇴임이 가까운 교장 선생님이 전근해 와서는 우리들에게 희망의 메시지를 전했다. "내일은 학교가 점점 좋아질 터이니 가슴을 활짝 펴고 씩씩하게 살아라." 하는 것과 먼저 손을 번쩍 들고 반갑게 큰 소리로 인사하는 것이었다.

중학교 때는 우리나라의 가을 하늘에 관해서 배웠다. 김포 공항에서 우리나라를 찾은 외국의 저명인사들에게 한국 방문의 첫 소감을 물으면 한국의 가을 하늘이 정말 아름답다고 모두가 대답한다는 것이었다. 그 뒤 한국의 가을 하늘은 세계적 자랑거리가 되었다.

고등학교 교과서에는 인도 시인 타고르가 한국의 농촌을 둘러보고는 '동방의 등불'이라는 시를 발표해서 그 암울하던 식민지 시대에 한국의 미래에 희망의 등불을 켰다는 내용이 있었다. 타고르의 예지력에 희망을 갖자는 내용이었을 것이다.

혼돈의 시대

한국동란의 치열함도 휴전으로 끝났다. 휴전이란 전쟁이 끝난 것이 아니다. 어느 쪽에서든 약속을 깨고 전쟁을 시작하면 전쟁이 되는 것이 휴전이다. 그만큼 세상이 불안하고 안정적이 되지 못하는 것이 휴전 후의 사회다. 전쟁의 포탄 자국 위로 학교를 다녔다.

세상은 그야말로 혼돈의 시대였다. 우리 전통의 엄연한 유교사회가 살아 있었다. 친일과 식민지 잔재도 그대로 있었다. 세상은 미군정을 거쳐 미국식의 자유주의 국가와 교육, 사회제도가 만들어졌다. 좌익사상은 그로 인하여 전쟁이라는 엄청난 대가를 치른 후였기 때문에 일단은 북으로 물러갔다고 보지만 후유증인 연좌제라든지 이산가족의 아픔은 여전히 남아 있었다. 그러니까 4가지 사상과 가치관이 혼재하는 시대였다.

가정과 사회는 유교적 풍습이었고 학교나 관청은 서양식 조직과 편제였으며 거기에 종사하는 사람들의 의식은 일본의 식민지 국민을 다스리는 사고방식의 비굴하고 야비한 기회주의자 같은 사고가 주를 이루었다. 그리고 사회에 나올 때는 반드시 사상검증을 받아야 했다. 형식만 자유민주주의 사회였고 내용은 순 봉건주의 시대의 사상과 인간들이었다.

그러니까 우리들은 학교를 다녔지만 가정과 학교와 사회가 따로 놀았고 사회는 사상과 이념, 가치관의 혼란으로 뒤숭숭한 세상이 되었다. 그런 세상 속에서 보고 배우는 우리들의 존재감이나 가치기준은 항상 나 자신을 떠나 타에 있었고 중심을 잡을 수가 없었다.

식민지 근성

　중세시대에는 모든 가치기준을 신에게 두었고 실제 현실에서는 신성을 수권 받은 교황과 황제에게 세상의 가치기준이 있었다. 봉건시대 군주제에서는 왕에게 전권이 수여되었고 지금도 북한에서는 김수령에게 인간 존엄의 가치가 집중되어 있다. 그런 나라에서는 국민 개개인의 인권은 벌이나 개미처럼 집단이나 수령을 위한 한 수단에 지나지 않는다.

　식민지 근성의 특징은 식민지시대를 벗어난 국민에게서 나타난다.

　열등의식이다. 주권 상실에서 오는 많은 고난과 시련을 겪으면서 민족의 자존감을 상실한 데서 오는 패배감인 것이다.

　분열의식이다. 모든 일에 자신감을 잃고 서로 헐뜯고 비방하며 단합할 줄 모르고 분파를 조장한다. 기회주의자가 되어 입신을 위한 기회를 엿보며 야비한 술수를 쓰기도 한다.

　자존감의 상실이다. 모든 가치기준을 자신에게 두지 않고 타 민족이나 남의 눈치를 살피며 윗선에 의존한다. 특히 군중심리에 이끌려 진실한 자아를 상실한다.

포기의식이다. 식민지 근성의 가장 안 좋은 점은 막가파식이고 '될 대로 되어라'이다.

해 보지도 않고 미리 포기하며 세상은 온통 불신사회로 되는 것이 특징이다.

우리들의 시대는 식민지 근성의 시대였다. 맨바닥 교실, 우리들의 ×통 학교에 오신 선생님들 중에는 거지같은 몰골의 우리들도 ×통으로 보고 가르침을 포기하고 빈둥거리다가 이내 사라졌다. 그리고는 바로 상록수 선생님이 오셨다. 그 뒤 당국에서도 대단한 관심을 가졌던 모양으로 학교의 시설은 비약적으로 발전하였다. 그런 현상이나 일들은 그 당시 우리뿐만 아니라 전국적으로 그랬을 것이다. 휴전 이후 오륙년이 지났으니까. 포기한 선생님에 대한 연민의 정은 느끼지만 대표적인 식민지 근성의 사례다.

인간 기억의 최대 시기는 초등학교 시기인 것 같다. 그 때 그 상록수 선생님이나 포기한 선생님의 성함을 그 외의 선생님들도 기억이 남아 있으니 말이다.

한국인의 정

20세기 전반은 그야말로 격랑의 시기였다. 세계 1차 대전이 일어나고 19세기 후반부에 확립한 칼 마르크스의 공산주의 이론의 실천 장인 러시아 혁명이 일어나고 세계 2차 대전이 마무리 되고 우리나라 6·25전쟁까지, 굳이 말하자면 눈코 뜰 새 없는 격랑기였다.

그 사이 우리나라는 일본의 쇠사슬에 묶였다가 기적적으로 연합군의 승리로 간신히 풀려나는 판국에 공산주의라는 인간 말종의 사상이 우리를 덮쳐온 것을 미국의 도움으로 정말 꿈 같이 가까스로 오늘에 이르게 되었다.

공산주의라는 거대한 사조는 이미 조종을 울린 지 오래 되었지만 아직 우리나라에서는 그 매듭을 풀지 못하고 그 흐름의 마지막 아구통이 막혀 있다.

세계에서 유일한 분단국으로 남아 있지만 그것은 약간의 민족성과도 관계있을 것으로 보기도 하나 근본적인 문제는 약소국의 설움일 것이다. 강대국들의 세력 균형의 접점을 한반도를 대륙과 해양의 다리로 보고 다리 가운데에 선을 그은 것이 우리의 남과 북이다.

휴전선이라는 화약고 밑에 있는 서울은 그리고 우리나라는 세계에서 가장 사람의 정을 많이 느끼는 도시나 나라라고 한다. 그 말은 가장 살기 좋은 나라라는 말도 되는 것이다.

K-POP이나 한류를 타고 한국인의 정은 전 세계로 뻗어나가고 있다. 종교보다도 더 거룩한 인간적인 삶의 모습은 어떤 무기보다도 더 강력한 세계를 통일하는 힘일 것이라고 본다.

타고르의 예지력

타고르는 인도의 시성으로서 간디를 잇는 세계적 인물이다. 그의 시 '동방의 등불'은 우리나라의 일제 식민지 깜깜한 암흑기에 유일한 북극성 같은 등불이었다.

그는 우리나라가 일본에 병합될 무렵에 노벨 문학상을 받았다. 그의 나라 인도도 영국의 식민지가 된지 100년이 훨씬 넘었기 때문에 이성적 사고와 판단의 눈앞에서 신입으로 식민지로 전락하는 한국민에 대한 연민의 정과 관심이 깊었다. 식민지 국민으로서 세계적 지성인이 되어 세계를 여행하는 중에 일본을 여러 번 왔고 올 때마다 한국을 들렀다.

한국에 올 때마다 농촌을 두루 여행하고 농촌 사람들의 삶의 풍경에 관심을 많이 가졌다.

우리나라의 미래를 보기 위한 것이었을 것이다. 한국 미래의 싹을 찾기 위한 것이었을 것이다. 식민지 국민의 정신에서 미래 식민지를 벗어나는 독립의 정신을 읽을 수 있다는 것이었을 것이다.

그 정신의 산실이 절대 다수의 국민의 삶이 녹아 있는 농촌이었기 때문에 농촌 사람들의 삶의 모습에서 그 정신을 발견하려고 했던 것이다.

타고르가 우리나라 농촌생활 풍경에서 눈길이 갔던 것은 가족생활이었다. 그 중에서 미래의 정신인 아이들의 모습이었다. 더 어린 아기들의 모유 수유 장면이었다. 집집마다 대가족이 옹기종기 모여서 식사하는 모습은 그의 눈에는 너무나 아름답고 행복한 모습으로 각인 되었다. 가족제도에서 한국의 미래를 보았던 것이다.

어머니의 사랑과 가족들의 정을 흠뻑 먹고 자란 어린이들은 한국의 밝은 미래의 싹으로 충분하다고 봤던 것이다. 그것은 한국 독립의 싹이요 세계를 밝히는 등불이 될 것이라는 확신을 가졌던 것이다.

사실은 동방의 등불은 중국의 옛 문화의 꽃을 의미하는 것이고 우리나라가 그 동방문화를 되살리는 하나의 등촉 역할을 할 것이라는 의미로 해석할 수 있는 시라는데 굳이 안 좋은 쪽으로 해석할 필요가 없을 것이고 세계를 밝히는 등촉으로서 한국문화의 꽃이 활짝 피어 세계의 등불이 되어 빛날 것임을 확신하는 것으로 해석해도 무방할 것이다.

빛나는 등불

인도 시인 타고르가 1920년대 한국을 방문하면서 오랜 영국의 식민지 인도와 신생 일본의 식민지 한국을 유심히 살펴보면서 여러 방면에 비교했을 것이다. 한국의 단일 민족, 단일 풍속, 단일 언어, 인도와 비교한다면 너무나 단순하고 일목요연했을 것이다.

무엇보다 가족, 가정 단위의 화목이나 행복 지수는 세계 어느 나라보다도 높고 가족이나 이웃에 대한 정은 일본이 감히 깨뜨릴 수 없는 끈끈함으로 뭉쳐 있는 것을 보았을 것이다.

세월이 가면 언젠가는 외세는 물러가게 되어 있고 민족의 자존이 지켜지고 고유성이 훼손되지 않는다면 한국인들의 따뜻한 정은 반드시 세계의 등불이 될 것임을 예측했을 것이다.

우리가 동방의 등불을 우리나라를 모델로 해서 썼다고 처음 접했을 때는 우리나라의 가을 하늘 예찬과 같은 맥락으로 여겼다. 칭찬할 것이 없으니까 우리나라 농촌의 가족 화목을 마지못해 했다고 생각했다. 엄마가 아기를 안고 전 가족의 환시 속에서 가슴을 열고 당당하게 젖을 물리고 밥 먹는 모습에 큰 관심을 갖고 지켜보았다는 것이다.

인사치레로 한 시의 구절이 아니라면 참 별스런 모티브에서 식민지 한국민에게 용기를 줄 수 있는 안목과 식견을 지닌 진정한 지성인의 관찰력이라고 치부하고 있었다.

타고르가 한국에 와서 보았던 그 젖먹이들은 정말로 엄청난 식민지 민족으로서 온갖 수난과 모진 고난을 다 겪었다. 그러나 그 젖먹이들의 자손들은 동방의 등불에 불을 피웠고 또 그 후손들은 세계만방에 등불을 비추고 있다.

세계를 주름잡는 전자 제품과 1위 기업들, 경제 강국으로서 선진국들과 어깨를 나란히 한다는 것은 정말 꿈만 같은 일이다. 우리들 식민지 근성의 좌절감이나 패배감에 비긴다면.

특히 한국인의 끈끈한 정으로 결합된 가정과 사회문화에 따른 삶의 질 문제는 세계 어느 나라보다도 사람 사는 즐거움과 정을 느낄 수 있다는 것이다. 사회 안정에 따른 젊은이들의 밤의 문화는 세계가 주목하는 긍지의 문화다. 음악, 영화 등 공연문화에서 보이는 청소년들의 춤사위나 맵시는 아름답고 멋있기로 세계 어느 나라 국민이나 민족도 따라오지 못하는 아주 탁월한 재능의 재산이다. 외국 청소년들이 흉내를 내고 있으나 아무래도 어색하다.

타고르의 동방의 등불은 지금 세계의 등불이 되어 활활 타오르고 있다.

한국 문화의 수출

우리들은 한 때 어쩌면 지금까지 미국의 청춘문화에 매료되었다. 주변 사회 환경의 식민지 근성과 자신들의 촌놈 근성이 합쳐져 병든 닭처럼 움츠러든 젊음을 보내면서 서구의 활기찬 청춘의 모습을 선망했다. 지금 우리 후세들의 시대는 전세가 완전히 역전되었다.

서구사회는 치명적인 약점이 있다. 개인주의와 사회 안전망의 붕괴다. 합리적 법치주의로 사회는 유지되고 있으나 조지 오웰의 1984년 같은 삼엄하고 살벌한 세상이 되었다.

규격화 된 틀 안에서 인간성의 매몰로 차디찬 인정에 기회만 닿으면 언제 강도로 변할지 모르는 불신의 사회, 남들이 모여서 놀거나 즐거운 시간을 보내는 꼴을 못 본다. 언제 어디서 총알이 날아오고 폭탄이 터질지 모르는 불안한 환경이 현재 서구사회의 현상이다.

밤만 되면 거리는 쥐 죽은 듯 고요하고 우리 옛날의 밤 산길에서 스치는 사람을 무서워하듯 다가오거나 지나치는 사람을 무서워한다. 대낮에도 그렇다니 이게 인간의 세상인가? 이슬람권과의 문명의 충돌로 야기되는 사회불안 요소도 엄연히 존재하고 있다.

우리가 그렇게 선망하고 여망했던 서양의 청춘문화와 청소년 문화는 오늘날 우리나라가 세계를 선도하고 있다. 영미의 로큰롤, 프랑스의 샹송, 이탈리아의 칸초네 등의 감미로움과 서정과 우수가 낭만과 실존이라는 시대정신의 흐름을 타고 우리들의 심금을 마구 뒤흔들었다. 미국의 엘비스 프레슬리와 마이클 잭슨, 영국의 비틀즈와 클리프 리처드, 프랑스의 이브 몽땅, 에디트 피아프, 스페인의 훌리오 이글레시아스, 그리스의 나나 무스꾸리 등은 세상을 마구 뒤흔들었던 하늘의 별들이었다. 아직은 그들의 계보에 줄을 서지는 못하지만 K - POP이나 영화, 공연 문화나 밤거리의 청년문화는 그들의 광장에 뛰어들었고 세계의 청소년들이 우리나라 청소년 문화에 깊은 관심과 주목을 하고 있다. 때로는 열광하기도 한다.

외국 젊은이들이 흥미 있게 관심을 보이는 것 중의 하나가 한국의 회식문화라고 한다.

회식에서 삼겹살 파티는 전 세계의 돼지고기 삼겹살이 모여드는 기현상을 만들었고 밤거리의 음주문화는 전 세계 젊은이들이 한 번 경험하고픈 로망이 되었다.

서양에 비춰진 한국 문화의 모습

88년도 서울 올림픽 할 무렵에는 서양 사람들 눈에 비친 우리나라 사람들의 기질은 다이내믹하다고 했다. 요즘에는 동양의 라틴계로 매우 정열적인 국민으로 알려졌다고 한다.

서양의 라틴계 나라로는 이탈리아, 스페인, 포르투갈 등이다. 이탈리아는 라틴계 로마제국의 본산으로서 지중해시대에는 서양의 중심이었고 근대 문명의 태동인 르네상스 발생지이며 국민들은 감성이 풍부하고 밝고 쾌활한 성격에 정열적이며 예술의 나라이다.

화려한 역사와 조상을 가졌던 이태리가 요즘엔 여행 경보 주의 나라로 전락했다. 국민들의 정열과 날렵한 맵시가 비인간적 심성으로 타락해 사기꾼, 쓰리꾼(소매치기), 도둑이 많은 나라로 여행할 때 소지품 챙기기에 주의를 게을리 하면 안 되는 나라가 되었다.

스페인, 포르투갈은 대항해시대의 해양문명의 문을 연 나라들로서 서양 동점의 선두주자였으며 중남미의 거대한 식민지를 거느렸던 나라들이다. 그들 국민성과 기질 때문인지는 몰라도 영미권 국가의 식민지였던 나라들에 비하면 중남미 국가들은 독립의 후유증을 아직도 앓고 있으며 국가 치안의 불안과 국민들의 삶의 질이 떨어지는 나라들로 알려져 있는 것이 모두 식민 모국의 식민지 국민 학대와 멸시 정책 때문으로 보고 있다.

중국은 아직 민주국가로서 자리 잡지 못했기 때문에 국민성이나 기질 등을 운운할 때가 아닌 것이다. 개방된 공산주의 국가이기는 하나 개인의 기질이나 취향을 마음껏 발휘할 수 있는 처지의 나라가 못된다. 개인주의가 용서되는 나라가 아니다. 연예인이나 예술인의 인기가 정치적 최고 수뇌부보다 높아서는 안 되는 나라로 자유주의 국가가 아니다.

일본의 국민성은 정직하고 성품이 곧고 바르다. 상대방에 대한 배려심이 높고 예의가 바르나 자기 속심을 잘 드러내지 않고 우유부단해서 잘 친해지지 않아 친구가 되기 어렵다.

알래스카 미국 여성의 한 악기 연주자는 중국, 일본, 한국 등 동양 3국의 고유 전통 음악의 음색을 심도 있게 비교해 보고 우리나라의 가야금을 택했다.

유럽인들이 동양의 라틴계라 하는 것은 우리나라 사람들의 기질이 화끈하고 열정적이라는 것이다. 노인 공경 사상과 사람들이 정이 있고 즐겁게 사는 것을 부러워한다.

중국 사람들만 해도 한국 사람들이 도둑질 안 하는 깨끗한 심성을 대단히 부러워한다.

만약 슈퍼마켓에 정전이 되거나 사고가 나도 누구하나 물건을 훔치거나 가져가는 사람이 없는 것이 한국인들이라는 것이 서양이나 중국 사람들이 볼 때는 신기하다는 것이다.

우리도 한때 스웨덴 사람들의 가로수 사과 주워 담아놓고 간다든지 미국 공중 화장실의 공짜 화장지가 수북이 쌓여 있는 것이 한없이 부러웠다. 지금은 우리나라도 그 부러움의 한을 풀었다. 국민의 민도나 자존감을 점차 높여가고 있다.

김점식 두 번째 수필집
사팔뜨기의 유혹

초판인쇄 · 2018년 2월 12일
초판발행 · 2018년 2월 20일

지은이 | 김점식
펴낸이 | 서영애
펴낸곳 | 대양미디어

출판등록 2004년 11월 제 2-4058호
04559 서울시 중구 퇴계로45길 22-6(일호빌딩) 602호
전화 | (02)2276-0078
팩스 | (02)2267-7888

ISBN 979-11-6072-020-4 03810
값 15,000원

이 도서의 국립중앙도서관 출판예정도서목록(CIP)은 서지정보유통지원시스템 홈페이지
(http://seoji.nl.go.kr)와 국가자료공동목록시스템(http://www.nl.go.kr/kolisnet)에서
이용하실 수 있습니다.(CIP제어번호 : CIP2018003779)